ベリーズ文庫

# 虐げられた悪役王妃は、シナリオ通りを望まない

吉澤紗矢

STARTS
スターツ出版株式会社

## 目次

### 虐げられた悪役王妃は、シナリオ通りを望まない

アリーセの良き理解者
ローヴァイン・バルテル
通称ロウ。辺境伯家の養子として育ったイケメン貴族。身分は高いが、複雑な家庭環境にあったことから、虐げられ自由を好むアリーセの良き理解者となる。
虐げられた悪役王妃
アリーセ・ベルヴァルト
平凡なOLだったが、歩道橋から転落し自身が読んでいた小説の中に転生。家族から虐げられ、バッドエンド寸前の悪役王妃・アリーセとして暮らすことになる。ベルヴァルト公爵の長女。

*Shitagerareta akuyaku reijo ha scenario douri wo nozomanai*

### ランセル・カレンベルク

カレンベルク国の王太子。深みのある金髪に、青い瞳を持つ美男子だが、実は腹黒で冷酷。

### ユリアーネ

アリーセの腹違いの妹。一見愛想がいいが、いつもアリーセを見下し、足をひっぱってくる。

### エルマ

アリーセの継母。リッツ男爵家出身。ユリアーネのみをかわいがり、アリーセを屋敷の隅に追いやる。

### エンデ宰相

国王の右腕的存在。元の物語では宰相という高位に関わらず控えめで大人しい印象だったが…。

### フランツ子爵夫人

バルテル家と繋がりのあるフランツ子爵家の夫人。アリーセの相談役として王宮に出入りする。

### カレンベルク国王

50歳を過ぎ、後妻としてアリーセを迎える。一度も寝室に訪れず、アリーセを飼い殺しにする。

# 虐げられた悪役王妃は、
# シナリオ通りを望まない

＊＊＊

カレンベルク王国で最も有名な女性は、第十五代王妃アリーセだ。

名門ベルヴァルト公爵家の長女として生を受け、十八歳で国王の後妻となった彼女は、実家の権力を笠に着てわがまま放題。

莫大な浪費で国を傾け希代の悪女とまで呼ばれた彼女は、国王崩御直後に王太子によって地位を追われ、罪人として北の監獄に送られる。

しかし、その道中に何者かに惨殺された。

悲劇的な最期だというのに、彼女に同情する者はいなかった。

悪の王妃の死は、多くの民に歓迎されたのだ。

＊＊＊

なんてかわいそうな女性だろう……。

私は同情の気持ちでいっぱいになりながら本を閉じた。

アリーセは、本当は無罪だったのに。

希代の悪女と呼ばれて人々に憎まれていたけれど、実際の彼女は不幸な生い立ちを持つ、気が小さな女性。

王妃になったのも父親に命令されたからで、本人は権力欲もなく王宮の片隅でただ静かに暮らしていた。罪をかぶせるのに都合のよい存在だったから、陥れられただけなのだ。

アリーセに問題があったとすれば、悪意に立ち向かう気概がなかったところだけ。

そのせいで大きな流れに逆らえずに不幸な結末を迎えてしまった。

もし私が彼女の立場だったら、もっと抵抗したのに。

絶対に最後まであきらめない。罰は真の悪人に下るべきなのだから。

今読んでいる小説、『カレンベルク王国物語』はアリーセ王妃が亡くなった後も続いていく。次章では彼女を陥れた犯人の正体が分かりそうだ。

でも夢中になって読んでいたため、もう夜中の一時を過ぎている。

明日は朝から客先で打ち合わせがあるから、そろそろ寝ないと。

気になる続きは仕事の後の楽しみにとっておこう。


朝の七時。しつこく鳴るアラームに急かされ目を覚ます。

まだぼんやりした頭のまま熱いシャワーを浴び、手早くメイクと着替えを済ませてアパートを出た。

私、高木理世（たかぎりせ）はフードサービス業界で働く二十五歳。今年で入社三年目だ。

食に関する様々な業務を行っている会社に勤めており、私の仕事は担当地域のホテルやレストランを回ってお客様の売り上げアップのお手伝いをすること。

主には過去の売上履歴とトレンドをもとに新商品を提案し、注文された食材を配送する。

入社直後は内勤のアシスタントだったけれど、一年前から営業職になり就業時間の多くの時間を外回りに費やしている。

体力にはまあまあ自信があったけれど予想以上にハードな業務で、引き継いだ当初はかなりきつかった。

でも、それよりつらいのはお客様からのクレーム。

嫌みを言われるのも怒られるのも仕事と分かっていても、心に容赦なく突き刺さる。

だいぶやり過ごせるようになった今、泣きはしないけれど、ストレスは日々蓄積されて週末には疲れ果てている。外出する元気なんて湧いてこない。

そんな私がはまったのが読書だった。

現実逃避とでも言うのかな。あまり深く考えずにさらっと読める冒険ものの小説がいい。善人は幸せを掴み、悪人はしっかり裁かれる。そういったすっきりする読後感のものが好み。

でも昨夜読んだアリーセ王妃の物語はかなり後味が悪かった。慎ましく生きていたのに報われず、最期は知らない土地で殺されてしまうなんてあんまりだ。

かわいそうなアリーセのことを考えながら歩道橋の階段を下りる。

今日は朝一で打ち合わせがあるから、普段より早めに会社に着いて準備をしておきたい。そんな思いから早足で階段を下りようとしたとき、つるりと足もとがすべり、次の瞬間、体にものすごい衝撃が襲いかかる。

悲鳴をあげる暇もなく、体のあらゆるところをぶつけながら下へ転がっていき、地面に激しく打ちつけられた。

「ううっ……」

痛くてまともに息ができない。手足も首も思うように動かせない。これってかなりの大けがなんじゃない？

どうしよう……打ち合わせに遅刻したら先輩にものすごく叱られる。上司にもあきれられて次の賞与の査定に響くかも。

いや、今はそんな心配をしている場合じゃなかった。

この状況をどうすればいいのか。こんなときに限って誰も通りかからないし、段々と目がかすんできている。

まさか……私、ここで死んじゃうの？

そんなの嫌だ。まだやりたいことがたくさんあるのに。結婚どころか、恋愛だってろくにしていない。これからだと思っていたのに。

かすむ視界の先にバッグから飛び出した荷物が散乱していた。

休憩時間に読もうと持ってきた小説も。

カレンベルク王国物語の続き、読みたかったな……。

意識はどんどん混濁していく。

そして私はそのまま暗闇にのみ込まれた。

# 物語の中に？

飴色のお茶から甘い香りがする。

湯気が立つ様子をぼんやりと眺めていると、声がかかった。

「どうかしましたか？」

ふと視線を上げれば、無表情の女性がこちらの様子をうかがっていた。

「なんでもないです」

私は返事をしてカップに手を伸ばした。その様子を見届けた女性は無言で部屋を出ていく。

扉が閉まりひとりきりになると、カップをソーサーに戻して窓の外の景色に目を向けた。庭には花が植えてあるわけでもなく殺風景だ。

そろそろ日没の時刻のようで、部屋の中にも影が差してきている。

空にはふたつの三日月がぼんやりと現れ始めていた。

月がふたつに見えるのは、決して見間違いではない。何度見ても、やはりふたつ仲よく並んでいる。

ああ……やっぱりここは今まで暮らしていたところじゃない。違う世界なんだ。

改めて認識して、私は大きなため息をついた。

三日前、歩道橋の階段から転落し気絶した私は、見覚えのない部屋で目を覚ました。

初めは誰かが助けてくれて病院に運ばれたんだとほっとしていたけれど、意識がはっきりしてくると異変に気づいた。

私がいるのは、医療器具などなにもない殺風景な部屋だったのだ。

あれだけのけがだったのに、点滴ひとつしていない。

病院じゃなくて、誰かの家なのかな？　それにしては家具、家電はいっさいない。

それに妙にくたびれた印象だ。

白く塗られた壁は全体的にくすんでいるし、天井からつり下がっている照明はいつの時代のものなのか。アンティークの味わいのある古さではない。買い替えの時期をとうに超えているように見える。

ここ……どこなんだろう。

キョロキョロと辺りを見回しながら考えていると、ぎしっと軋んだ音を立てて扉が開いた。

部屋に入ってきたのは、黒いワンピースに大きな白いエプロン姿の女性で、どう見てもメイドさんだった。コスプレなのかな?

『あ、あの……』

少し怪しく感じるがこの人が私を助けてくれたのだろう。とにかくお礼を、と思って口を開きかけた途端、女性が大きな声を出した。

『アリーセ様! 目が覚めたのですね!』

え……アリーセ様って?

首をかしげていると、コスプレ女性はさらにまくし立てる。

『すぐにお医者様を呼んできますね』

『お医者様?』

『はい、目覚めたらすぐに呼ぶように奥様から言われていますから』

『奥様……』

ということはこの人はコスプレではなく本当にメイドなのかな。

お金持ちの家なら家事をする人を雇っていてもおかしくないだろうけど、本当にこんな、いかにもって格好をしているものなんだ。

『アリーセ様、どうかなさいましたか?』

『え？』

この人、さっきも私をアリーセって呼んでなかった？

〝理世〟を聞き間違えた？　いや、二回ともアリーセと言っていたと思うけど……。

『公爵様にもお知らせしないと』

首をかしげていた私は、女性の言葉にますます混乱した。

『あの……公爵って？』

今の日本に公爵なんていないよね。ニックネーム？　それとも冗談を言っている？

でもこの女性は真剣そのもので、ふざけている気配はいっさいない。

〝アリーセ〟〝公爵〟

まさか……まさか……。ある仮定が脳裏に浮かび、私はごくっと息をのむ。

そのとき、銀色のなにかがサラサラと肩をすべり私の視界に入り込んだ。

『え！　あっ、あの……鏡ってありますか？』

『はい、こちらに。アリーセ様が鏡を見たがるなんて珍しいですね』

またしてもアリーセと呼ばれている。予感が現実に変わる不安を覚えながら、渡された手鏡を恐る恐る覗(のぞ)き込む。

その瞬間、呼吸が止まるほどの衝撃を受けた。

そこには真っ白な肌に銀色の髪、水色の瞳という日本人離れした容姿の少女が映っていたのだ。

当然私の顔じゃない。でも鏡の中の少女は私の思う通りに動き、表情を変える。

思いっきり睨んでみると、少女の大きな目が細くなる。

間違いない……やっぱりこれは私。

しかもこの配色は、カレンベルク王国物語のアリーセ王妃そのもの。昨日本で読んだばかりなのだから間違いようもない。

アリーセと公爵。そのキーワードに加え銀色の髪。鏡を見る前に『もしかして』と予想はしていた。私は薄幸の王妃アリーセになってしまったのではないかって。

けれど実際目のあたりにすると、到底受け入れられない。

異世界に転生したりゲームの中に入り込んだりする物語の小説を最近いくつか読み、結構おもしろくてはまりもした。だけどまさか、自分の身に起きるなんて……。

もしかして、私は階段から落ちたときに打ちどころが悪くて死んだのかな。そのときどういうわけか本の世界に入り込んだ。今こうして動き、考えているから自分が死んだなんて思えないけど。

それに本来のアリーセの心がどうなったのかも謎だ。

ただなにも分からなくても、私は今、アリーセとして存在している。

このままこのカレンベルク王国物語の世界で生きていくしかないのだとしたら……。

かなり前途多難だ。だってアリーセは、将来はひどい目に遭うのが確定している身なのだから。

小説ではこういう転生の設定においては、物語の先を知っている有利さと、もとの世界の知識や特技で未来を変えていくのだけれど、普通のOLだった私にはこれといった特技がない。

しかも、鏡に映る姿はおそらくすでに十代半ばを過ぎている。アリーセの人生を大きく変える〝やり直しのための時間〟はほとんどないように思えた。

これ完全に詰んでいない？

ショックのあまり私は三日ほど寝込んだ。

しかし今日ようやくベッドから抜け出した。ただでさえ時間がないのに、いつまでも落ち込んでいてはだめだと気づいたのだ。

大きな変化は望めなくても、冤罪で追放の末に殺されるという最悪の未来だけは、なんとか回避しなくては。痛いのも怖いのも嫌だもの。

侍女の淹れてくれたお茶を飲みながら、現状分かっている事実を整理する。

私の意識が入り込んだアリーセ・ベルヴァルトは、カレンベルク王国のベルヴァルト公爵家の長女として生を受けた。母親はバルテル辺境伯家の令嬢だった。

バルテル辺境伯家が統治するバルテル地方は、カレンベルク王国王都の北方にある。王都からはかなり離れているらしく早馬でも丸五日以上かかるが、領地は国土の五分の一にあたる広大さ。それに見合う武力と財力を持つ大貴族、それがバルテル辺境伯家だそうだ。

アリーセの母親は政略結婚でベルヴァルト公爵家に嫁いできたが、アリーセが幼い頃に病気で亡くなった。

喪が明けてすぐに父公爵が外で囲っていたリッツ男爵家出身のエルマを後妻に。同時に、彼女との間に生まれたアリーセよりもひとつ年下の娘を屋敷に迎えた。

その際アリーセは公爵家敷地内に建つ離れに追いやられ、以来誰も訪れない寂しいこの場所でひっそりと暮らしている。

公爵令嬢というと華やかなイメージだけれど、アリーセは孤独で不遇な日々を送っていたのだ。

侍女の話から、現在のアリーセの状況もだいたい把握した。

今アリーセは十七歳。数日後に迫った王家主催の夜会に出席するための準備を進めている最中だった。それなのに庭を散歩している途中に急に意識を失い、三日も目覚めなかったらしく公爵家では大騒ぎになっていたそう。

家族はアリーセに対して愛情や優しさを持っていないが、出席すると返事済みの夜会を間際にキャンセルするのは王家に対して失礼になるので気にしていたのだろう。

カレンベルク王国の貴族令嬢は、通常十六歳の年に王家主催の夜会に出席することで社交界デビューをする。

ところが昨年十六歳になったアリーセはデビューの機会を得られなかった。継母エルマが、義妹ユリアーネのデビューと合わせた方がいいと、勝手に欠席の返事をしたからだ。

今年ようやく一年遅れのデビューをするが、ユリアーネのついで扱いで満足な用意をしてもらえていない。顕著なのは、当日身につける衣装についてだ。

その年に社交界デビューする〝デビュタント〟は白いドレスを着ると決まっているが、エルマはユリアーネにだけ最新で最高級のものを準備している。王都で一番人気のデザイナーを屋敷に呼び寄せ、金銭は惜しまず上質な生地であつらえた。一方アリーセには、出来合いの流行遅れなつくりのドレスを用意しただけ。

あからさまな差別なのに、ベルヴァルト公爵家ではそれがあたり前になっていて、エルマに対して意見をする者はいない。実の父親である公爵すら見て見ぬふりをする。

そんな不当な扱いに傷つきながらも、アリーセは健気に支度を進めていたようだ。教師はついていないけれど、侍女に本館の図書室から本を借りてきてもらいマナーを勉強したりと努力していた。

それなのに突然意識不明になり、私が体を乗っ取ってしまったなんて……。

アリーセの身にいったいなにが起きたのだろう。若い女性が突然意識不明になるなんて、滅多にないだろうに。

彼女には同情しかない。つらい環境の中がんばっていたのに、少しも幸せを得られなかったのだから。

夜会だって本当は行かない方がいいと思っている。行ってもアリーセは嫌な思いをするだけだと、本で読んで知っているからだ。公爵たちは簡単に許さないだろうけどなんとか回避できないものかと考えた。

だけどアリーセになったばかりの私にはこの世界の知識が足りず、夜会の欠席の仕方すら分からない。そもそも離れから出るのは禁止で、公爵たちに会うことすら叶わないのだ。

対策を取る間もなく、あっという間に夜会当日が訪れた。

朝から降り続く雨で窓の外の風景は灰色にくすみ、部屋の中まで湿気ている。

憂鬱な気分で薄暗い空を眺めていると、侍女がやって来た。

「アリーセ様、そろそろお支度を」

私は渋々立ち上がり、姿見の前でエルマから与えられたドレスに着替えを始めた。

白のドレスは、四角い形に開いた襟、すっきりした袖、Aラインの無地のスカートとかなりシンプルなデザインだ。着替えを手伝ってくれている侍女はつまらなそうな顔をしている。けれど私はおや?と意外な気持ちになっていた。

なんだかウエディングドレスみたいじゃない？　それに清楚で私好み。

結婚する予定どころか恋人すらいなかった私だけど、ウエディングドレスに憧れは持っていた。思いがけず好みのドレスを着られて、憂鬱だった気持ちが浮上してくる。

カレンベルク王国では人気があるデザインではないのかもしれないけど、関係ない。結局、おしゃれって自己満足なところが多いしね。

物語の中のアリーセは自信のない女性だった。自分は容姿が悪いと思い込み、とくに銀髪と水色の瞳がぼんやりとして見えて嫌だと思っていたのだけれど、私の美的感覚からするとなにを言っているの？って感じだ。

アリーセはかわいい。本で読んでイメージしていたよりも実物はずっと美少女。自信満々になってもいいくらいなのに。自己評価が低すぎだ。

鏡に映るアリーセの顔をした自分をじっと見つめる。

侍女にお化粧をしてもらったおかげで、十七歳という年齢にしては少し大人っぽく見える。髪は半分だけまとめ、残りは肩に流しているのだけれど。

「ねえ、髪形変えてもいい？」

このドレスには髪はアップにした方が似合いそう。

「え？　あ、はい……」

戸惑う侍女からブラシを受け取り、適当にまとめてみる。ヘアアレンジは昔から好きで、わりと得意だ。

少し考えて一部編み込みを作ってふわりとまとめ、ドレスと同じ白のヘアアクセサリーで飾ってみた。

うん。かなりいい感じ。これにヴェールとブーケがあればそのまま花嫁になれそう。

自分のスタイリングに満足していると、侍女が困惑した様子でつぶやいた。

「アリーセ様、いつから髪を結えるようになったのですか？」

「え……ええと……少し前？　こっそり練習してたの」

笑ってごまかし、羽織り物を手に取る。

小説で読んで大まかな流れは知っているが、普段の生活の様子などの細かい描写はなかったから不明点は結構多い。今の私の行動は、当然だけど本物のアリーセとだいぶ違うはず。侍女はまだしも、公爵とエルマの前では気をつけないと。


部屋を出て車寄せに向かい、ベルヴァルト公爵家の面々と合流した。私がアリーセとなってから会うのは初めてだ。

彼らの容姿は、本で読み想像していたものと少し違っていた。

アリーセの父ベルヴァルト公爵は、まだ三十代なのにやけに老けている。会社にいた四十代後半の部長と同年代って印象だ。茶髪の半分ほどが白髪なのでそう見えるのだろうか。

エルマとユリアーネはまさに親子といった容姿。ふたりとも濡れたような艶を放つ漆黒の髪に琥珀の瞳で、アリーセとは系統の違う美人だ。ただ、今は不機嫌そうに顔をしかめているので非常に感じが悪い。

私の支度が遅かったから怒っているのかな？　時間には遅れていないはずだけど。

アリーセはこのような家族からの冷たい態度に心を痛めていたけれど、中身が私になった今、冷徹な視線もたいして響かないのでにこやかに会釈をする。

とくに会話はないまま、馬車に乗り王宮に向かった。


夜会の会場である大広間は大勢の人たちであふれていた。さすが、国中の貴族が集まっているだけある。

ベルヴァルト公爵は王族を除けば最も位が高いから皆が気を使っていて、チャンスがあれば話しかけたいような空気を醸し出している人がたくさんいる。

公爵家の令嬢であるユリアーネは、今日デビューしたばかりだというのに大人気だ。彼女を妻にと望む貴公子は多く、ダンスの誘いが後を絶たない。

しかし、同じベルヴァルト公爵家令嬢にもかかわらずアリーセには声がかからない。まるで存在してないかのように、誰も目を合わせようとしないのだ。

貴族たちはベルヴァルト公爵の顔色をうかがい、疎まれている方の娘と関わるのを嫌がっているからだ。すごくあからさま。

この状況は本で読んで知っていたから驚きはしないが、それでも気分はよくないし居心地が悪い。

繊細なアリーセにとっては相当つらかっただろうな。だから彼女は、中庭に続くテラスの方に逃げ出してしまうんだよね。そこで予想もしない出来事が訪れるとも知らずに。


この後アリーセは、カレンベルク王国王太子、ランセル・カレンベルクに遭遇する。

彼女にとって初恋となる出会い。不遇だったアリーセに訪れたほんの少しの幸福。

彼女の心が浮き立つ様子は、読んでいて微笑ましいものだった。

＊＊＊

夜会が始まったばかりのテラスに人はいなかった。

月明かりのない夜の闇を、テラスの端に設置された洋灯がぼんやりと照らしている。

広間の大音量の音楽が、ここでは微(かす)かに聞こえるだけ。

アリーセはテラスから中庭に続く階段を下り、人目につきづらい柱の陰に隠れた。

しばらくここにいて時間をつぶそう。どうせ誰からも相手にされない身。広間にいなくても問題はないし、誰も捜しになんてこない。


孤独が身に染みてアリーセの目にじわりと涙がこみ上げる。そのとき、思いがけない声がかかった。

『誰かいるのか？』

アリーセはびくりと肩を震わせ、慌てて涙を拭う。

その間にも、サクサクと芝を踏む足音が近づいてくる。

やがてその人物の姿が明かりに照らされ、アリーセは小さく息をのんだ。

声をかけてきたのは、驚くくらい美しい男性だったから。

深みのある金髪に、青い瞳、華やかな赤の生地にきらびやかな金銀の装飾を施したジュストコールを嫌みなく上品に着こなしている。

絢爛豪華（けんらんごうか）という言葉が頭に浮かぶけれど、華やかさだけでなく、内から滲み出る気品を感じる。

予想もしていなかった状況にアリーセが茫然としていると、再び話しかけられた。

『君は……今日初めて社交会に出た令嬢だね。失礼だが名前を聞かせてもらえるか』

アリーセは我に返り、深く頭を下げる。

『は、はい。私はベルヴァルト公爵の長女でアリーセと申します』

『ベルヴァルト公爵家の令嬢？』

男性の声が少し変化した。

『顔を上げてくれるか？』

『はい』

『私はランセル・カレンベルクだ。ベルヴァルト公爵からは先ほど挨拶を受けたが、その際君はいなかったな』

相手が王太子だと知り、アリーセはさらに緊張しながら深く頭を下げる。

『ご挨拶ができず申し訳ありませんでした』

『責めているわけじゃない。人混みに酔ったのだろう？　だがここは公爵家の令嬢がひとりで過ごすには安全とは言えない。女官に休憩できる部屋まで案内させよう』

『い、いえ。王太子殿下のお手をわずらわせるわけにはいきません。私は広間に戻りますのでどうかお気遣いなく……』

人と話すのに慣れていないアリーセがいきなり王太子と会話をしているのだ。緊張であたふたしていると、ランセルがくすりと笑った。

『え？』

『ごめん、笑ったりして。君の態度があまりに慣れていないように見えたから』

ランセルの言葉に、アリーセは気まずさでいっぱいになった。

デビュタントの令嬢が社交界に慣れていないのは当然とも思えるが、実際は違う。

ほとんどの令嬢は夜会でデビューを飾る前に、母親とともに交流のある他家のお茶会に何度か参加しているものだ。自分の屋敷でのお茶会に顔を出す機会も当然ある。

だけどアリーセはそのどちらの機会も持てなかったため、経験がいっさいない。マナーの勉強はひと通りしていても、実践していないのがはたから見ても分かるのだろう。それはつまり、アリーセが大切にされていない娘だと気づかれたということ……。目を奪われるほど美しく立派な王太子に、自分の情けない現状を知られたのが恥ずかしかったし、悲しかった。

落ち込んでいると、ランセルが一歩距離を縮めてきた。

『ベルヴァルト公爵家の事情は少しだけだが耳にしている』

アリーセは思わず息をのんだ。ランセルにまで自分の噂が届いているなんて。

『君の苦労は想像できる。だが希望は失わないでほしい』

『……え？』

不敬になるのも忘れ、アリーセはまじまじとランセルの顔を見た。彼は蔑むでもからかうでもなく、真摯な目を向けていた。

『アリーセ嬢はとても心が美しい令嬢だと私は思う。つらい環境にあっても誰かを恨んだりしていない。私が君の立場なら、そんなに純粋な目をしてはいられないだろう』

アリーセは思わず目を見張った。

ランセルが認めてくれたのがうれしくて、涙がこぼれそうになる。ドキドキと鼓動が高鳴り落ち着かない。

ランセルがなぜアリーセを気にかけるのか分からないけれど、王太子という雲の上の人に褒められ、夢見心地になっていた。

『それに姿も美しい。月の光のような銀色の髪に湖水のような水色の瞳……。君ならいつか必ず幸せになれる』

励ますように言われ、アリーセの瞳からついに涙がこぼれた。

『あ、ありがとうございます……私などにもったいないお言葉です……』

ランセルはアリーセに言葉だけでなく希望を与えた。

それ以来、アリーセはランセルを強く慕うようになったのだ。それは初恋と言える感情かもしれない。

夜会以降、会話をする機会はなかったけれど、ランセルの姿が遠くに見えるだけで胸が高鳴り、頬が熱くなる。ランセルの活躍を耳にするだけで自分のことのようにうれしく、彼に対する好意が増していく。

アリーセにとって彼は強い憧憬を向ける存在になっていた。

＊＊＊

その初恋の相手に冷酷に断罪されたのだもの。本当に気の毒としか言いようがない。

ショックは計り知れなかっただろうな。

無実なのに罪人にされ絶望しているアリーセを追放して刺客まで差し向ける残酷さ

を思えば、出会ったときの優しさの方が偽りだったんだろう。

さて、今まさにランセルとの出会いが訪れようとしている。私がテラスから中庭に降りれば、物語の通りに彼がやって来るはず。

でも行かない。私、本で読んでいるときからランセルが好きじゃなかったんだよね。

一見理想的な王子なんだけど、実は腹黒で冷酷で。

アリーセに浪費の罪をかぶせ悪女に仕立て上げた黒幕は彼なんじゃないかって、私は疑っている。

あのとき、続きを読んでいれば真実が分かったはずだった。ああ、なんで私は寝てしまったの? 本の世界に入ると分かっていたら最後まで読んだのに。

後悔の気持ちが消えないけど、今はこの苦痛な夜会をどうやり過ごすか決めないと。

ずっと広間にいるのは息が詰まるから、ある程度時間が経ったらそっと抜け出そう。

テラス以外でどこか休憩できそうなところがあればいいけど。

# ふたりの男性

招待客が増え、公爵たちがどこにいるかも分からなくなったので、とりあえず広間を出た。

王宮の広々した回廊をゆっくりと進む。少数だけどすれ違う人がいるからこの先に化粧室でもあるのかな。あまり遠くに行くと帰り道で迷いそうだから、この辺りで目立たない場所を探して時間をつぶそう。

そう決めた途端、長く続く回廊の曲がり角から男性が現れた。

あれ？　あの人って……。

心臓がどきりと跳ね、嫌な予感が波のように広がっていく。

まだ距離が遠くて顔は見えないけれど、長身の男性だと分かる。金髪に派手な赤い衣装。なんだか……ランセルの容姿の描写そのものだ。まさか本人？　でも彼は夜会の会場にいるはず。

ここに来て私の知識の重大な欠点に気がついた。

小説で読み、話の流れは分かっている。だけど登場人物の正確な容姿が分からないのだ。文字の情報から髪の色とかスタイルである程度は分かるけど、似た条件の人がいたら見分けられないし、そもそも私の理解が間違っている可能性だってある。ランセルなのか、違うのか。

もし本人なら無視して通り過ぎるのはだめだろう。そんな態度を取ったら不敬罪になりそうだ。公爵令嬢のアリーセが自国の王太子の顔を知らないなんてありえないわけだし。

この状況は結構まずそうなんだけどどうしよう。彼の存在に気づかなかったふりをして逆方向に逃げる？　うん、そうしよう。今ならまだいける気がする。

さり気なく踵を返す。けれど直後に厳しい声で呼び止められた。

「待て！」

私はびくりと体を震わせ、固まった。

このものすごく偉そうな口調は相当立場が高い証に思える。彼がランセルである確率が一気に上がった。

不安を覚えながらも、言われた通り彼が近づいてくるのを頭を下げて待つしかない。

足音が大きくなる。それが止まったのと同時に、再び厳しい声が降りてきた。

「私はランセル・カレンベルクだ。君は夜会の招待客のようだな。ここでなにをしている？」

やっぱりランセルだった！

彼はデビュタントの印の白いドレスで、私が招待客だと分かったのだろう。

尋問のようで嫌な気持ちになりながらも顔を上げた私は、一瞬言葉を失った。

ものすごく美しい男が目の前にいたからだ。

豪奢な金髪と深みのある青い瞳はそれだけで華やかなのに、彫が深く完璧に整った顔立ち。不機嫌そうな表情であるにもかかわらずつい見入ってしまうほど。

ランセルってこんなイケメンだったのかと内心驚きながら、なんとか返事する。

「アリーセ・ベルヴァルトと申します……休憩できるところを探していました」

この後なにを言われるのだろう。もはや物語と全然違う展開で先が読めない。

「なるほど。だがこの先は王族と許可されたもの以外は立ち入り禁止だ。君が本当に休憩室を探していたのだとしたら道を間違えたのだろうが、はたして真実はどうなのかな？」

彼の口調にはあきらかにとげがある。なぜか出会った途端にけんか腰だし。この頃のランセルはまだアリーセに優しかったはずなのに、どういうことなの？

すぐに返事をしないせいか、ランセルの顔がますます強張っていく。

そのとき、「殿下」と第三者の声が割り込んできた。

「彼女はデビュタントで王宮の夜会に慣れていないようです。本当に道を間違えたのでしょう」

発言したのは、ランセルの一歩うしろに控える青年。

彼の部下かと思って気にしていなかったけれど、よく見ると王子に引けを取らない華やかさのある若者だった。すらりと長身で、黒に近い濃紺の夜会服を見事に着こなしている。アリーセと同じ銀髪にアメジストのような紫の瞳の端整な顔立ちで、言動からかなり上位の身分だと感じさせる風格がある。

この人、誰だろう。あきらかに重要人物っぽいんだけど、容姿の特徴から思いあたる人物がいないため分からない。

ランセルは不快そうに眉間にシワを寄せながらも、「そうだな」とつぶやいた。

どうやら謎の男性の提言を受け入れたようだ。だけど私には依然として油断ない視線を送りながら言う。

「公爵家の令嬢がひとりで行動するのは非常識だ。すぐに公爵のもとに戻るように」

「はい。申し訳ありません」

ランセルがなぜこんなに苛立っているのか知らないけど、ここは逆らわずに謝っておく。むかつくけど、いち早く離脱するためには殊勝な態度を貫くのが一番いいだろうから。

予想通りそれ以上はなにも言われなかったので、礼をして今度こそ踵を返した。

背中に視線を感じながらその場を離れ、走り出したい気持ちを抑えて令嬢らしくゆっくり歩いていると、うしろから足早に近づく足音が聞こえてきた。

「ベルヴァルト公爵令嬢、広間まで送ります」

背後からの声に、私は歩みを止めて振り返る。そこにはランセルと一緒にいた謎の男性が佇んでいたので驚いた。ランセルに言われて来たのだろうか。

彼の正体が気になりながらも、お断りする。

「いえ、お気遣いなく。ひとりで戻れますので」

ランセルの関係者にはできるだけ関わらない方がいい。

だけど彼は思いのほか強引で、断ったというのに平気な顔で私についてきた。

「また道に迷ったら困るでしょう。それに王宮内とはいえ油断は禁物です」

「大丈夫です。私のことはお気になさらないで」

落ち着かないのでひとりにしてもらえますか？と言外に滲ませ、ニコリと微笑む。

「甘く考えない方がいいですよ。若い令嬢を狙う男は多いですから」

　見当違いの心配をする彼に、私は内心あきれていた。

　この人、噂とか興味ないのかな。ほかの貴族はアリーセが公爵から疎まれているのを察して距離を置いていたというのに。

　有能そうなイケメンだけど、実はそうでなくて空気が読めないとか？

　疑いの眼差しを向けていると、彼はすっと目を細めて驚くべき発言をした。

「それに、あなたが私の従妹殿だと分かったからには放っておけません」

「ええっ？　従妹？」

　思わず貴族令嬢とは思えない大きな声を出してしまい、人気のない回廊に私の間抜けな声が響く。

　彼は一瞬顔を強張らせたものの、笑顔でうなずいた。

「そうですよ。申し遅れましたが、私はローヴァイン・バルテル。どうかお見知り置きいただきますよう」

　ローヴァインと名乗った彼は礼儀正しく頭を下げる。凛としたその態度は、貴族というより騎士のようにも思えた。

　この人はアリーセの母方の親戚だったんだ。小説ではバルテル辺境伯家の人々についてほとんど触れられていなかったから、存在をすっかり忘れていた。

「あなたはバルテル辺境伯のご令息なのですか？」

とりあえず事情聴取してみる。

「ええ。養子ですが」

「養子？」

「私は現辺境伯の弟の子です。辺境伯に子がいないため、五年前に後継に選ばれて養子になりました」

私はローヴァインの言葉にうなずきながら頭の中を整理した。

現辺境伯はアリーセの母親の兄。ローヴァインのお父さんも辺境伯の弟だそうだから、アリーセの母は三兄妹だったのね。なるほど。

うんうんとうなずく私に、ローヴァインが怪訝な顔をする。

「ご存知ありませんでしたか？」

「え？　ええと……そういうのに疎くてごめんなさい。もう少し勉強しておきますね」

親戚について知らないなんて、疎いというレベルの話じゃないけど。

強引にごまかす私を彼がじっと見ている。胡散くさいと思っているんだろうな。

だけどローヴァインは予想に反し空気を読める男だったようで、話題を変えてきた。

「アリーセ嬢には以前からお目にかかりたいと思っていました。従兄妹同士、今後もよろしくお願いいたします」

「こちらこそ。よろしくお願いします」

優しい笑顔のローヴァインは、今のところいい人に思える。ランセルのような傲慢さがないし、気遣いがある。

だけど、一応油断はしないように気をつけよう。

私は彼のバルテル辺境伯家に関しての情報を持っていないし、カレンベルク王国の貴族たちってかなりドロドロしていて裏の顔がある場合が多いみたいだから。

一見善人に見えても、実は悪人かもしれないからね。


広間では華麗な音楽が流れ、白いドレスを着た若い令嬢たちが貴公子に手を取られダンスを踊っていた。令嬢の親たちは、微笑ましそうにそれを見守ったり知人と談笑したりしていたけれど、私たちに気づくと観察するような視線を送ってきた。

しかしローヴァインは人目を気にしない性格なのか、怯まず堂々と広間をつっきっていく。

彼は壁際のソファに私を案内すると、使用人から飲み物を受け取り手渡してくれた。

さすがは貴族、エスコートに慣れているなと感心する。喉が渇いていたのでありがたい。

「ありがとうございます」

「どういたしまして。少し休憩したら踊っていただけますか?」

「え、私と?」

動揺する私にローヴァインは機嫌よさそうにうなずく。

「はい。アリーセ嬢、どうか私の手を取っていただけませんか?」

貴公子らしい華やかな魅力を発揮したローヴァインが誘いの手を差し出す。

あまりのイケメンぶりについ手を取りそうになった私は、直前で正気に返りぶんぶんと首を振った。

「ごめんなさい、無理です」

私、ダンスなんてできないもの。

社交ダンスすら経験がないのに、王宮の広間で踊れるわけないじゃない。

「もしかして体調が優れませんか?」

ローヴァインが眉をひそめる。

「いえ、そういうわけではありませんが……あっ!」

うまい言い訳を探していた私は、口を閉ざした。

ローヴァインの背後から近づく公爵とエルマに気がついたのだ。

私の変化に気づいたローヴァインが、目線を追ったのか背後を振り返る。

おそらくローヴァインと目が合ったのだろう、公爵の不機嫌そうだった表情がやわらかくなる。

できれば来ないでほしいと願ったけれど叶わず、ふたりは目前まで迫り、普段は見せないであろう笑顔を向けてきた。

「アリーセ。ここにいたのか」

ローヴァインがいるため、やたらと愛想がいい。すごい外面だとあきれながらも私もおとなしく返事をする。

「はい、お父様」

公爵は次にローヴァインに向けて微笑んだ。

「アリーセの父、ベルヴァルト公爵です。こちらは妻です」

「お目にかかれて光栄です。私はローヴァイン・バルテルと申します」

ローヴァインの振る舞いは礼儀正しく完璧に見えた。それでいて公爵にひけを取らないほど堂々としている。

公爵はなぜかローヴァインの素性を知らなかったようで、動揺している様子が見てとれた。

「ローヴァイン殿といえば、辺境伯家の後継の……これは驚きましたな。こちらにいらしているとは知りませんでした」

エルマも相づちを打ち、私を不審そうな目で眺めている。

たぶん、なんでお前ごときが仲よくなっているんだとでも言いたいのだろう。エルマとユリアーネはいつもアリーセを下に見ているから。

ローヴァインは朗らかに答える。

「ええ。公の場に出るのは今日が初めてです。早々にアリーセ嬢と出会えて幸運でした。私たちは従兄妹の関係ですし、今後も親しくさせていただきたいと考えています」

その言葉にたまりかねたようにエルマが前に出てきた。

「ローヴァイン様。話し相手をお探しでしたらアリーセに妹がおりますので、後ほど紹介させていただきますわ。ユリアーネと申しまして、アリーセと違い愛想がある娘ですのよ」

エルマはローヴァインに対しては笑顔を向けていた。ユリアーネを売り込み、アリーセを下げるのも忘れない。

「そうだわ。よかったらユリアーネをダンスに誘っていただけませんか？」

「いえ、ご令嬢にはダンスを申し込みたい男が列をなしていそうだ。私は遠慮しておきましょう」

エルマの表情が不快そうに曇る。ユリアーネに関心を示さずあっさり断ったローヴァインの態度が気に障った？

なんとなく気まずい空気が漂い始め、それを察したのか公爵がエルマの腰に手を回した。

「そろそろ曲が終わるので失礼する」

ユリアーネを迎えにいくのか、ふたりは広間の中央に進んでいく。

ふたりの背中を見送っているとローヴァインの声がした。

「あなたは行かなくていいのですか？」

「ええ。家族とは帰る時間になったら合流します」

ローヴァインはアリーセと家族がうまくいっていないと気づいただろうか。

さっきの話では今まで王宮に出入りしていなかったようだから、噂を知らないのだろうけど。

次に再会したとき、彼がどんな態度を取るか気になった。

夜会帰りの馬車内にはなんとも言えない空気が漂っていた。

ユリアーネのデビューは大成功だった。予想通り令嬢の中で一番人気で、ダンスの申し込みは誰よりも多かったとか。

ちなみに一番不人気なのがアリーセなのは言うまでもない。

エルマは早くもユリアーネの結婚相手の選別を始めているようで、どこの令息がいいとかだめだとか公爵に報告している。

でも愛娘のデビューの成功に、公爵は浮かない表情だった。エルマの言葉にも上の空で、ユリアーネに対しても笑顔を見せない。

エルマもその様子に気づいたのか、顔を強張らせ始める。

そんな中、公爵が突然私に話しかけた。

「ローヴァイン殿とはなんの話をしたんだ？」

「……初対面なのでたいした話はしていませんが」

「辺境伯殿については？」

もしかして探られている？

「とくに話題に上りませんでした」

辺境伯を気にしているのは意外だった。これまでの仕打ちから、アリーセの母の実家なんて気にも留めていないのだと思っていたのに。

「お姉様、ローヴァイン様とお知り合いになったのですか？」

ユリアーネが口を挟んできた。

「ええ」

「どうやったのですか？　ローヴァイン様に近づくのは難しいと皆が言っていたのに」

彼が近づきがたい？　そんな感じはしなかったけど。結構気さくに向こうから話しかけてきたし。

「彼と私は従兄妹同士だから？」

ほかに思いつかなかったのでそう答えると、ユリアーネは不満そうに眉根を寄せた。

「そう……。お姉様はバルテル辺境伯家の血を引いているのでしたわね」

ユリアーネはそれきり黙り込む。代わってエルマが口を開いた。

「ローヴァイン様とは距離を置くように。いくら親類だからといって、次期辺境伯ともあろう方に馴れ馴れしくするのは厚かましいです」

「馴れ馴れしくなど……」

どこをどう見ればそうなるの？

それにアリーセは公爵令嬢なんだから、次期辺境伯と仲よくしても身分的には問題ない気がするけど。結局アリーセのやることすべてが気に入らないんだろうな。

「あなたまさか、ローヴァイン様の妻の座を狙っているのではないでしょうね？」

私は驚き目を見開いた。

「まさか」

話が飛躍しすぎている。

「アリーセが辺境伯夫人などありえないわ。……あなた、アリーセの嫁ぎ先を早々に決めてください」

エルマは憎々しげに私を見ていた視線を公爵に向ける。今にも癇癪を起こしそうだ。

別に怖いとは思わなかったけど、嫌な予感だけはひしひしと身に迫っていた。

# 活動開始

夜会の後、エルマたちがなにかしてくるんじゃないかと警戒していたけれどとくに変わった動きはなく、普段通り公爵邸の離れでの暮らしが続いている。

アリーセの世話をする侍女はひとり。それも母屋からの通いで、ずっといるわけじゃない。病気になったときのため使用人が寝泊まりする部屋はあるものの、基本的には放置。アリーセは孤独で心細かっただろうけど、私としてはかなり好都合だ。

夜会の夜ここに戻ってきてから、今後について考えた。

もとの世界に戻れる気配はない以上、ここで生きていくのだと腹をくらなければ。いつまでも傍観者の気分でいてはだめ。アリーセは私なのだから。

もとの世界に未練はある。でも両親は早世してひとりっ子の私。いなくなったことで大きなダメージを受ける人は少ない。

お世話になった叔母家族にもう会えないのは寂しいし、会社に迷惑をかけてしまうのが申し訳ないけど、仕方ないよね。

そう気持ちを割りきり前向きに検討した結果、ベルヴァルト公爵家を出ていこうと決心した。

アリーセは十八歳の誕生日に、親よりも年上の国王の後妻になる。だからその前に逃げ出さなくては。

本当のアリーセの人生からは大きくはずれる行動だけれど、この世界は私が生きていく世界。小説通りにできないのは許してほしい。

公爵家を出てひとりで暮らしていくからには、住まいと仕事を見つけなくてはいけない。

幸いこの世界は、一見ファンタジーっぽいけれど生活環境は以前私が暮らしていたところとそれほど違わないようだ。ファンタジーにつきものの魔法も、大昔はあったそうだけど今は使い手がいないらしく、日常生活に魔法を使うなんてことはないためすべて人力。家電がないのは不便だけど許容範囲だ。

だからそれほど時間をかけずこの世界観になじめると思う。

今後の計画を、とりあえず紙に書き出してみる。

1　屋敷を抜け出し町に出てみる。

2　人々の生活を観察し、私でもできそうな仕事を探す。

3　地図を手に入れて引っ越し先や移動手段を調べる。

貴族じゃなく一般市民として暮らすにしても、この辺りの町では公爵家の関係者に見つかりそうだ。なるべく遠く、できれば外国に移住したい。

そんな感じで、大まかな方針を決定した。


決心した翌日。朝の仕事を終えた侍女がいなくなるとすぐに外出の支度を始めた。

アリーセは自由な外出が許されていないから、侍女が不在の時間に抜け出すしか方法がないのだ。彼女が帰ってくるのは夕方だからそれまでに戻らないと。

急いでアリーセのクローゼットの中から町に着ていけそうな服を探す。貴族令嬢とは思えないほどの数しか服を持っていないので、たやすくベージュのワンピースを見つけられた。あまり目立たない上に動きやすそうでいい感じだ。

実際身に着けて姿見の前に立ってみる。

地味な服なのにアリーセ自身の容姿が素晴らしく少し目立ちそうなので、人目を引きやすい銀色の髪をまとめてワンピースと同色の帽子を被る。

これで貴族令嬢には見えないはず。生粋の庶民である私の立ち振る舞いも合わされば、町にうまくなじめるだろうと満足した。

さて、では出かけましょう。

ずっと窮屈な思いで暮らしていたから、久々の自由に胸が高鳴る。

離れから直接出られる殺風景な庭を進んでいく。この先に屋敷を囲う塀があるのは確認済だ。結構高いけれど見張りはいないし、そんなに苦労せずよじ登って脱出可能だともくろんでいる。

予想通り、掴まる部分の多い塀は上りやすくて、以前に友人に連れていかれたボルダリングの壁よりは楽。

そう時間をかけずに脱出をした私は、意気揚々と町に向かった。

カレンベルク王国の城下町については小説で読んだ情報があるし、侍女からそれとなく話を聞き出しておいたから、初めての道でもなんとかなりそうだ。

アリーセの家、ベルヴァルト公爵の屋敷から城下町へは歩くと結構距離があるため通常は馬車で移動するが、私は地道に歩くしかない。

辺に目立ったら嫌だなと心配していたけれど、ほかの貴族の屋敷からも徒歩で出かける使用人らしき人たちの姿があった。皆同じ方向に進んでいるので、彼らも町に行くのだろう。

あまりキョロキョロしないように周囲を観察しながら歩く。

街並みは昔のヨーロッパのような雰囲気だ。大きな屋敷が並ぶ貴族街は道幅も広く整然としている。

歩き続けると景色が変わった。屋敷は途切れ、舗装されていない道が続く。

しばらく進み幅広の川にかかる橋を渡ると門が見えた。大きな荷物を持った商人らしき人々が行き交い、活気にあふれた雰囲気だ。

「よかった」

迷わずに町へと到着し、ほっとしながら門をくぐる。出入りは自由なようで問題なく入ることができた。

カレンベルク王国の中心地だけあって大きな町だ。

人々は性別も年も身分も様々。皆、自由で生き生きしている。

門の近くには高級そうな雰囲気の店が並んでいた。店がまえは大きく、店の入口にディスプレイされている商品は貴族が着るようなドレスや装飾品でいかにも高価そうだ。貴族街に近い場所にあるし、セレブ御用達のお店なのかもしれない。

私はその一画を素通りし、町の中心地に向かった。

市場のようで格段に人が多くガヤガヤとしている。屋台が並び、様々なものが売られている。こちらは庶民でも買えそう。珍しいものもあり見ていて飽きない。

市場を彷徨っていたら、どこからともなくいい匂いが漂ってきた。それに刺激されたのか、ぐうとおなかが鳴る。

匂いをたどって進むと、エビや貝などの海産物が山盛りに置いてある店を見つけた。売っている海産物は店で調理してくれるようで、奥に食べるための場所がある。

おいしそう……すごく食べてみたい。でもためらう。この世界では外食した経験がないからな。

細かなルールが違うかもしれないので、もうちょっと観察してから入った方がいいよね。お金は持ってきたけど、まだ物の相場を理解していないし。

そう思いつつも、おいしそうな食べ物への未練が捨てられず立ち止まっていると、どんと右肩に強い衝撃が走った。

「痛い！」

誰かに突撃されたのか、よろけそうになるのを踏ん張った瞬間、焦ったような声が響く。

「悪い！」

ぶつかってきた人の声みたいだ。視線を向けた先に若い男性の姿があり、私は思わず目を見張った。

私より頭ひとつ分以上高い長身、すらりとした体つき、艶やかな茶髪に紫の瞳。一見しただけで端整な顔立ちだと分かり、とても人目を引く容姿の持ち主。

町の人と同じようなシンプルな白いシャツに黒のカーゴパンツのようなものを穿いているけれど、この人って……。

「ローヴァイン⁉」

なぜか髪の色は違うけど、顔が先日夜会で会った従兄のローヴァインと瓜ふたつ。

これ絶対本人だよね？

「あんたは……」

彼も私と同じくらい驚いている。間違いなく私をアリーセ・ベルヴァルトと認識している。

でも、どうしてここに？　大貴族のご令息が変装までしてなにをしているんだか……。

そのとき、叫び声が響いた。

「いたぞ！　あそこだ！」

何事かと声がした方に目を向けると、大柄な男性とその連れらしき人たちが怒涛の勢いでこちらに迫ってきている。

え、なにこれ……この人、なにかやらかしたの？

あたふたしていたら、ぐいっと腕を掴まれた。

「え？」

私の手を掴んだローヴァインが勢いよく駆け出し、当然私も引きずられる形で走るはめになる。

「ええっ？　ちょっと！」

抗議の声は届かず、私はわけも分からないまま、逃亡者のように駆け回るはめになった。

ひどい目に遭った。

市場の路地裏でぜいぜいと呼吸を乱しながら、隣で涼しい顔をしているローヴァインをじろりと睨んだ。

「ねえ、これどういうこと？」

「ちょっと事情があって追われててさ」

「それは見て分かるから。どうして私を道連れにしたの？」

なにをしたのか知らないけど、ひとりで逃げればよかったんじゃないの？

「あいつらに、あんたと話しているところを見られたようだったからさ。置いていくわけにはいかなかった」

私がローヴァインの知り合いと思われて、絡まれる可能性があったと言うの？

ずいぶん面倒な場面に居合わせてしまったようだ。

「悪かったな。結構走ったから疲れただろ？」

「まあ……」

足は痛いし喉がカラカラだ。

今まで気にしていなかったけど、アリーセの体は極端に体力がない。

少し走っただけでも息が上がる。長年離れにこもって生活していたから運動不足なんだ。今後一市民として仕事をしていくには、もっと体力をつけないとだめだわ。

「近くに俺の知り合いの店があるんだ。そこで食事と休憩をしよう」

「知り合いの店？」

辺境伯家のご令息がどうして町の飲食店に通っているわけ？

それにさっきからの彼の言動にも違和感がある。

夜会で会ったときは自分を〝私〟って言っていたし、私に対しては〝あなた〟と呼びかなり礼儀正しかった。いい家の御曹司といった物腰だった。

それなのに、今目の前にいる彼は別人のようだ。粗野というか、ごく普通の若者って感じ。もともと見知っていなかったら貴族だとは思わないだろう。町にもすごく慣れている様子だし。

「どうかしたのか？」

「いえ、なんかこの前と印象が違うから。貴族なのにこの辺に行きつけの店があるのもどうかと思って」

彼は私の指摘に驚いたようだった。けれどすぐにニヤリと含み笑いをする。

「それはお互い様だろ？　あんただってこの前と全然違う」

「う……まあ、それはそうだけど。町で夜会のときみたいに気取ったらおかしいでしょう？」

「気取ってって……あんたおもしろいな」

ローヴァインは笑いながら、私の腕を掴んだ。

「なに？」

「とにかく移動しよう」

警戒しながらも、まだ聞きたいことがあるのでついていく。

路地から出てすぐのところに目的の店はあった。看板は出ていないけど、外から中が覗ける。ごく普通の飲食店といった雰囲気で不審な点はない。

「町に来たときは、いつもここで食事をしているの？」

「そう。結構うまいんだぜ。でもあまり知られていないから穴場なんだ」

知られていないというより、平凡すぎて人気がないいんじゃないかな。メニューが出てないからどんな料理を扱っているか分からないし。

店の中は思ったよりも明るく、居心地のよさそうな空間だった。温かみのある木の壁に、天井には大きな梁が端から端まで渡り、杏色のカーテンがかわいらしい雰囲気を演出している。

丸いテーブルが四脚。一番奥には横に五人ほど座れそうなカウンターの席があった。食事の時間ではないせいかほかに客はおらず、従業員の姿も見あたらない。けれどローヴァインは真っすぐカウンターの席に向かい、慣れた様子で一番左端の椅子を引いた。

「座れよ」

「ありがとう」

ローヴァインは私の隣の椅子を引き座る。

ちょうどそのときカウンターの奥の扉が開き、このかわいらしい店の雰囲気とはかけ離れたいかめしい顔つきの大男が姿を現した。

四十歳くらいに見える彼は、私を視界に入れると目を細める。

なんだか怒っているみたいだ。もしかして私が気に入らないの？

「ガーランド、彼女は俺の連れだから」

ローヴァインがそう言うと、途端にガーランドと呼ばれた男性の表情が和らぐ。

「それなら安心ですね。ようこそいらっしゃいました」

安心？　初めてのお客さんが来ると不安になるような事情があるのだろうか。

食堂は誰でも入れると思っていたけど、この世界では違う？

違和感を覚えたけれど、ローヴァインは気に留めずガーランドさんに話しかける。

「いつものを出してくれ、あと飲み物。彼女にはお茶がいいな」

「分かりました」

ガーランドさんはうなずくと先ほど来た扉の奥に戻っていく。

「あの向こうに調理場があるの？」

「ああ。すぐに作ってくる」

「ガーランドさんが作るの？」

「そう。ここは小さな店だから接客も調理もガーランドがやる。ひとり手伝いがいるけど夜しかいないから」

へえ、それじゃあランチタイムは大変だろうな……ってそんなのんきなことを考えている場合じゃなかった。

「ねえ、さっきの人たちって誰？　辺境伯家の御曹司がどうして追われていたの？　今後私が巻き込まれる可能性はある？」

「ちょっと誤解があっただけだ。そのうち解決するから心配しなくて大丈夫」

ローヴァインは軽く言うけれど、本当かな？　追いかけてきていた人たち、かなり真剣に怒っているように見えたけど。

「それよりここでは家名は出すなよ。俺のことは〝ロウ〟って呼んでくれ」

「あ、うん。分かった」

たしかに町で身分をあきらかにするのは危ないものね。お金持ちの貴族は犯罪に巻き込まれやすそうだ。

「あんたはなんて呼べばいい？」

「私？　……じゃあ、リセで」

少し迷ってから答えた。やっぱり本当の自分の名前の方がなじむから。

偶然だけどアリーセの愛称としても不自然な感じではないし。

「了解。じゃありセに質問だけど、町でなにをしているんだ？　供は？　まさかひとりじゃないよな？」

「そのまさかのひとりだけど」

「え……ここまでひとりで来たのか？」

彼はぽかんと口を開く。

「うん」

どうせごまかしてもばれそうなので正直に答える。

夜会のときの様子から、ベルヴァルト公爵家とはたいした付き合いはないようなので、後で釘を刺しておけば内緒にしてくれるだろう。

「平気なのか？　ひとりで外出なんて慣れてないだろう？」

アリーセはね。でも中身は私だ。営業のため、ひとりで外回りなんて嫌というほど経験している。

「なんで市場なんかをウロウロしてたんだ？」

「なんでって、来てみたいと思ったからだけど」

家出の準備とはさすがに言わない方がよさそう。

「もしかして、家の者に内緒で抜け出して来ているのか？」

「それはそうでしょ。ひとりで町に行きたいって言っても許可が降りないもの」

「……家族に隠してまでここに来たい理由がなにかあるのか？」

「たいした理由はないけど、町の生活を知りたくて。私のことばかり言ってるけど、ロウだって同じでしょ？　ご令息のくせに、髪まで染めて変装して」

私と似たような状況だと思うけど。

「ご令息って……俺はいいんだよ。でもリセはだめだろう、女なんだしなにかあったらどうするんだよ」

「気をつけてるから大丈夫。今だってロウと会わなければ平和に過ごせていたんだから。それよりも私と会ったことは口外しないでよ？」

「分かってるって。それにしても夜会のときと同一人物とは思えないな」

あきれたように言われ、私は眉をひそめた。

「猫被っていたのはお互い様でしょう」

「お互い様だって言うなら俺の話も黙っておけよ？」

「もちろん。口は固い方だから安心して」

勘だけど、ロウには素を出して平気だと思った。

それにもとの世界で読んだ小説の中に彼は登場しない。つまりそれほど重要ではないポジションで、今後への影響は少ないと予想できる。秘密を持っているのはお互い様だし、ランセルたちに比べれば各段に気楽な相手だ。

「まあ……外の世界を知りたい気持ちは分からなくもないけどな」

ロウがしみじみとした様子で言った。

「どうしたの？」

「町の様子を知りたいんだろ？　後で俺が案内してやるよ」

「え、本当に？　でも大丈夫なの？」

私としては本当にありがたい申し出だけど、ロウにだって都合があるんじゃないの？

「気にするな。巻き込んだお詫びだ」

「そう。それならお願いしようかな」

自分で歩いて回って確認するよりも、聞いた方が効率がよさそうだ。

必死に走ったかいがあったかも。

料理は思ったよりも早く出てきた。鉄板のついたお皿の上で、焼きたての肉がジュージューと湯気を上げ、独特の香りが辺りに漂う。肉には赤褐色のソースがかかっていて、数種類の野菜が添えられていた。

もうひとつの皿には、白いものが山のように盛られている。これって……。

「もしかして、お米？」

思わず声に出すと、ロウとガーランドさんが揃って私に目を向けた。

「やっぱり知ってたか」

ロウがうれしそうに言う。

「やっぱりって？」

「この地域ではあまり米を食べないだろ？」

「そうだね」

ベルヴァルト公爵家で出てくる食事は毎回パンだ。カレンベルク王国はヨーロッパ風の世界観だから、主食といったらパンの認識なんだろうとくに不思議には思っていなかった。でもお米が恋しかったんだよね。

「うれしい。お米食べたかったんだ」

「バルテル料理の主食は基本的には米なんだ」

「へえ、ここはバルテル料理の店なんだ」

バルテル料理がどんなものか知らないけれど、お米が主食なら期待できる。私も家出をするまではこのお店に通おうかな。

「そう。米を知っているならバルテル料理は初めてじゃないだろ？」

「初めてだよ。お米は知っているけど」

「叔母上に食べさせてもらわなかったのか？」

叔母上とはアリーセの母親だろうけど、どうなんだろう。小説でもその辺の描写はなかったな。

「食べていたとしても、小さな頃だから。覚えていないな……」

「ああ、叔母上はリセが幼い頃に亡くなったんだもんな。悪い、無神経な発言だった」

粗野に見えたロウは意外にも、殊勝に頭を下げる。どうやらアリーセを心配してくれているみたいだ。口は悪いけどいい人なのかもしれない。

「大丈夫。それよりも食事をしよう。冷めちゃうから」

鉄板にのってきたお肉をひと口サイズに切り口に運ぶ。見た目よりやわらかくて、口の中で溶けるかんじ。これ、すごく高級なステーキ肉みたい。

想像以上のおいしさに、フォークを動かす手が止まらなくなる。

正直ベルヴァルト公爵家の食事はそれほどおいしいと思わなかったんだけど、この料理は私の口によく合っている。

公爵家を出たらまずはバルテルに行くのもいいかも。カレンベルク王国内だけど、都から遠そうだし、簡単に見つからないんじゃないかな。

「バルテルってどんなところなの？」

私と同じように勢いよくステーキを食べるロウに聞いてみる。

「生活も文化もここといろいろ違ってるな。容姿も少し違う。この辺りでは銀髪は目立つけど、バルテルにはたくさんいる」

「そうなんだ」

そういえば夜会でも銀髪の人をロウ以外に見かけなかった。エルマやユリアーネのような黒髪の方が多かった。

「同じ国なのに不思議ね」

「バルテルより北の地方はさらに銀髪ばかりだそうだ」

「そうなんだ。ほかは？」

「都みたいに華やかではないな。辺境伯家は外敵から国を守る役目があるから、城塞は機能的だ。大勢の騎士がいて日々訓練をしている」

結構物騒なところなのかな？　それはちょっとな……できればのんびりとした環境で生活したいんだけど。

「……なあ、なんでバルテルが気になるんだ？」

「え？　いつか行ってみたいと思ったから」

「まさか、ひとりで行こうとか思ってないよな？」

疑いの視線を向けられる。その通りなんだけど、だめなのかな。

「この都とバルテルはかなりの距離があるし、途中に広大な魔の森が広がっているんだ。リセがひとりで通過するのは絶対無理だからやめておけよ」

「魔の森？」

そんなのがあるんだ。

「魔の森を知らないのか？」

ロウが目を見開く。相当驚いているみたいだ。もしかしてこの世界では常識？　私の知識は小説に書かれていた内容だけ。しかも途中までしか読んでいないので偏りがある。

どうごまかそうかと考えていると、あきれたようなため息が聞こえた。

「じゃじゃ馬かと思わせといて、そういうところは箱入りなんだな」

これ以上ぼろが出ないよう、曖昧に笑ってごまかす。

「まあいい。とにかくバルテルに行くのはひと筋縄ではいかない。よほど腕に自信があるものでなければ十分な護衛を雇う必要がある。間違っても遊びにいこうなんて考えるなよ」

「分かった」

どうやら気軽に行ける土地ではなさそうだ。移住先は違う候補地を探した方がいいのかもしれない。お米に未練はあるけど。


おいしい食事を終え、ひと息ついてからロウに町を案内してもらうことになった。

地元ではないはずなのに彼は慣れた様子で進み、私が町に来たときに通った門の近くで足を止めた。ここが目的地？

「リセはこの南門から来ただろ？　ここを基準に説明するな」

どうやら、立ち止まったのは町について教えてくれるためらしい。

「うん」

ロウはすっと手を持ち上げた。門を背中に町の東方向を指している。

「あっちが今飯食った市場だってのは分かるよな？」

「うん」

「町の連中と地方から来た一般人はだいたいあそこで買い物をしている」

町の端に向けて緩やかな下り坂になっているため、南門からは町を見下ろす形になりよく見えた。

市場は低く小さな建物が密集していて、人通りも多い。ロウは次に正面を指さした。

「真ん中にかなり広い道があるだろ。あの辺りは宿。食事をするところもある。南門に近いほど高級宿になる。北門の方は安宿だがその辺りは治安があまりよくないから近づかないようにしろよ」

「分かった」

あえて危ない目には遭いたくない。ロウの説明をしっかり頭に刻み込む。

「西側には、病院や騎士の詰所が。少し距離を置いて一般の家が多く立ち並んでいる。この辺りの治安は問題ない。あまり用はないだろうが」

遠目からもすっきりした印象の区画だった。住民以外にあまり人が来ないのか、市場に比べて人通りが少なそうだ。

「ありがとう。分かりやすかった」

私が用があるのは市場が多そうだ。情報を得るには治安がよくて人がたくさんいるところの方がいいだろうから。

「リセ」

「どうしたの？」

妙に険しい表情だ。

「今の話、だいたい理解したか？」

「うん、大丈夫だけど」

「最後に〝絶対に立ち入ってはだめなところ〟を教えるからな。ここが一番大事だ」

真剣な声音に私の緊張感も高まる。

絶対に行ってはいけない場所って、どんなところなの？

ロウはどこも指ささなかった。ただ声を潜めて言う。

「市場のはるか先、城下町の果てに通称〝隔離区域〟がある。通常の仕事に就けない犯罪者が多く住み治安と衛生面はかなり悪い。若い女が何人も行方不明になっている」

私はぶるりと身震いした。それって殺されたりしているんじゃない？

「分かった、絶対に近寄らない」

ロウの忠告をしっかりと心に刻んだ。

その後、市場に戻り少しだけウロウロした後ロウと別れた。別れ際『次に来たときはガーランドの店に寄れよ』と誘ってもらった。

ご飯も気に入ったし、ロウとは気楽に話せるし、ぜひ行きたい。次に会うのが楽しみだ。

## 予想外の展開

翌日から、屋敷を抜け出ては町に出る生活が始まった。

本館から来る侍女は私の外出にいっさい気づかない。家族も相変わらず離れを訪れる気配がないので都合がいい。

回数を重ねるうちに町にも慣れた。庶民の暮らしも理解してきていたし、ロウとガーランドさんともだいぶ打ち解けていた。

五回目に外出した日、市場で不穏な噂を聞いた。

カレンベルク王国から見て北方に、〝インベル〟という小国があるそうだ。

近隣の国との交流は最低限で、基本的には自給自足で暮らしている国。カレンベルク王国の人たちは害のない相手という認識を持っている。

ところが最近、たまたまインベル国に立ち寄った商人が、首都で戦の準備をしているのを見たと言うのだ。

その噂がまことしやかに流れたため町の人たちは動揺し、私の耳にも届くほどになっていた。

その日、私は早々にガーランドさんの店に行った。

扉を開くとカウンターの席に座るロウが視界に入る。私もだけど彼も頻繁に町に来ているようだ。

「よお」

ロウが気さくに手を上げて挨拶する。

「こんにちは」

彼の隣の席に座る。初めに座ったこの席が、私の指定席になっている。

ガーランドさんは立て込んでいるのか出てこないので、彼を待つ間、噂についてロウに聞いてみた。

「町の噂、聞いた？」

すでに耳にしているのか、彼は眉をひそめた。

「インベルの件？」

「うん。戦の準備をしているんじゃないかって。でも信憑性薄いよね」

「リセはあの国について知ってるのか？」

ロウの顔には意外だと書いてある。

「知らないけど、カレンベルク王国はこんなに平和なのに、戦が起きるなんて思えないから」

それだけでなく私は先の流れを知っているからね。

少なくともあと三年ちょっと、アリーセが断罪されるまでの間はどこの国とも戦は起きない。カレンベルク王国に外敵はなく天候も安定していて、問題といえば国王をたぶらかし浪費を続ける王妃がいることくらいとされていたのだから。

それなのにどうして妙な噂が流れているのだろう。

考え込んでいると、ロウが私の頭にぽんと手をのせた。

「そんなに心配するな。インベルの件はただの噂だ。戦になんてならないよ」

私もそう思っている。でも、それにしてはみんなの動揺が大きいのが気になるんだよね。

「ただの噂かもしれないけど、それでも気にならない？　インベルは北の国なんだから、もし攻めてくるとしたらバルテル辺境伯領が真っ先に狙われるんじゃないの？」

バルテルの名を出したからか、ロウが一瞬険しい表情になった。

けれどそれはすぐに消え、いつもの朗らかさで曖昧にする。

「大丈夫だって。仮に攻めてきたとしてもバルテルには騎士団がいるからな」

「そういえば、いつも訓練しているって言ってたね」

「ああ。どんな事態にもすぐに対応できる。バルテルの民は皆騎士を信頼しているよ」

「そうなんだ。それなら心配ないね。……私もいつか騎士たちを見てみたいな」

とはいえバルテルに行くのはなかなか難しいんだよね。護衛なんて簡単に雇えないだろうし。

「いつか連れてってやるよ」

「え？」

思いがけない言葉に、私は瞬きする。

「バルテルを見てみたいんだろ？」

「そうだけど、いいの？」

「ああ、ずいぶん興味があるみたいだからな。約束な」

「うん」

私は近いうちに公爵家を出なくちゃいけないから実現するかは分からないけど、うれしかった。

不穏な噂は忘れ、明るい気持ちでおしゃべりを楽しんでいると、カウンターの奥の扉が開きガーランドさんが顔を見せた。

「いらっしゃい。なにか食べますか？」

彼は相変わらずいかめしい様相だけれど、口調は最初から丁寧だった。それは打ち解けた今でも変わらない。ロウに聞いたらそういう性格なのだと言っていた。

「おまかせでお願いします」

ガーランドさんの出してくれるバルテルの郷土料理を私もすっかり気に入り、毎回お任せで頼んでいる。

作り方を教えてくれたので自分でも作ってみたいけれど、侍女に不審がられそうなので今はできない。

いつかベルヴァルト公爵家を出て自立する日の楽しみにとっておこう。

「お、早いな」

ガーランドさんが出来立ての料理を運んできて、今日もおいしい料理を彼らと一緒に楽しんだ。

脱出計画は順調に進んでいた。公爵家を出た後の住まいや仕事についても考えがまとまってきている。

本当はバルテルに行きたいけど、簡単ではなさそうなので、まずは都から馬車の出ている町に移ろうと決めた。

仕事は洋裁店で針子をするか、食堂の調理の方で雇ってもらえたらいいなと思っている。どちらも人前に出ずに済むし、私でもできそうだから。

当分はそうやって生活をして、いずれ好きになれる仕事を見つけて転職できたらいいな。

あと問題は初期の資金。アリーセには財産があまりない。現金の手持ちは少なく今後もらえる見込みもないから、なけなしの装飾品を売ってしのぐしかなさそうだ。

そんなふうに私なりに計画を進めていたある日のこと。珍しく公爵から呼び出しがかかった。

本館の公爵執務室。不気味なほど満面の笑みを、公爵が浮かべている。

「アリーセ、喜びなさい。かねてから検討されていた国王陛下の後添えにお前が選ばれた」

思わず『げっ！』と声が出そうになった私は、必死に口もとを押さえ声をのみ込む。

嘘でしょう？〝後添え〟ってつまり、私が後妻として王妃になるってことだよね？

どうして今なの？　アリーセが国王に嫁ぐのは彼女の十八歳の誕生日だったはず。

ランセル王太子の母である王妃を亡くしてから長く独り身だった国王が突然妻を迎えたいと言いだして、数名の候補の中からアリーセが選ばれたのだ。

立候補していたのは公爵で、輿入れが決まってすぐに後妻だからとろくな準備期間もなく王宮に送られる。

小説に書かれていたから知っていたけれど、それにしても時期が早すぎる。もう少し猶予があるはずだったのに。

私のあからさまな拒絶の空気にまったく気づかない公爵は、機嫌よく言う。

「なんて光栄なんだ。お前は私の自慢の娘だ」

なにが自慢の娘だ。ついこの前まで害虫でも見るような目で見下していたのに。

「うれしいよ」

恍惚とした表情の公爵が、私の体に手を伸ばしそっと抱きしめてこようとしたため、咄嗟にうしろに飛びのいた。

「ア、アリーセ？」

ぽかんとする公爵に私は急いで言い放った。

「ま、待ってください！　私には無理です、王妃なんて」

「荷が重いと臆する気持ちはよく分かる。だがお前は名門ベルヴァルト公爵家の長女。うしろ盾にはこの私がついている。自信を持って王家に入りなさい」

手のひら返しにもほどがある。自分で言っていて恥ずかしくならないのかな。

しかもこの人は、王妃になった後もアリーセを裏切る。断罪の際、娘を助けるどころかランセルと一緒になって責め立てるのだから信用なんてできない。

とにかく公爵の言いなりになって破滅ルートまっしぐらの王妃になど、絶対になってはならない。

なんとかしてこの危機を切り抜けなくては。かといって、どうやって……そうだ！

「お父様、お忘れですか？　私は王妃教育どころか貴族令嬢としての礼儀作法もまともに学んでいません。こんな状況で王宮に入ればベルヴァルト公爵家の恥になります」

家の恥と言ったからか、公爵の頬がぴくりと動いた。

「礼儀作法を学んでいないわけがないだろう？」

「いいえ。エルマ様が私付きの教師を首にしましたから。私、なにも知りません」

ついでにエルマの非道を暴露すると公爵の顔色がさらに変化した。あとひと押し。

「学もなく作法も知らない私が王宮で粗相をしたら、そんな娘を王妃に推したお父様の責任問題になりかねません」

声に力を込めて訴える。

言葉がスラスラ出てくるのは、営業職で鍛えられたおかげかも。よしここで最後の仕上げだ。

「私は我がベルヴァルト公爵家のためにも王妃の位を辞退したいと思います。また辞退した以上は、普通の結婚を望めるとも思っていません。公爵家を出てどこか地方でひっそりと暮らしていきたいと思います」

よし、家を出る流れまで作り出した。

普通の貴族令嬢にとって、屋敷を追い出されるのは死を宣告されるほどの大きな罰。それでも家のために自ら罰を受けると言っているのだから、公爵だって納得するでしょう？　問題が起きて一番困るのは当主である彼なのだし。

案の定、公爵は悩みだした。眉間にシワを寄せ「うーん」と唸っている。

おそらく王妃の話はなくなるだろう。

期待して返事を待っていると、公爵はようやく覚悟を決めたようだった。

「アリーセの言うことはもっともだ」

やった！　心の中でガッツポーズを作る。

「今すぐ教師を雇うから必死に勉強しなさい。王宮入りするまでになんとしても常識を身につけるように。寝食よりも優先して努力しなさい」

「え……」

嘘でしょう？

「な、なぜそこまで私を？　この家にはより王妃にふさわしいユリアーネがいるのに」

年寄りの国王相手だからユリアーネが嫌がっているのだろうけど、わがままを許している場合じゃない。ここは立派な教育を受けた自慢の娘の出番でしょう？

「王家がアリーセをご所望なのだ。こちらの都合で花嫁の交換などありえない」

王家からの命令？　王妃の件は公爵の策略でしょう？

ほかの候補を抑え社交界での評判のよくないアリーセが選ばれたのは、公爵が裏で手を回したからだとしか考えられない。

眉をひそめながらも小説を思い出す。そういえば、王妃に選ばれた詳しい事情には触れられていなかったんだ。

政略と書かれていたし公爵が大喜びしていたことから、彼が強引に推し進めていた縁談だと思い込んでいたけど……違っていたのなら話は変わる。

たしかに王家からの申し出なら断るのは困難そうだ。

だけど、私としては納得できない。アリーセを容赦なく断罪するランセルのいる王宮になんて絶対行きたくない。あの王太子はかなり腹黒そうだ。彼よりうまく立ち回って破滅ルートを回避するのは、かなり大変そうだもの。

それに寝食よりも勉強を優先しろって、ブラック企業みたい。

本当になにもかもがありえないんだけど。

鬱々としながら離れに戻ると、部屋の前にそれまでいなかった兵士がふたり待ちかまえていた。

ぎょっとして立ちすくむと、彼らは礼儀正しく頭を下げる。

「え……あの、どうしたんですか？」

こんなところでいったいなにを？

「公爵閣下のご命令で、本日よりアリーセ様の護衛を務めさせていただきます」

え、護衛？

なんで急にと思ったけれど、すぐに気がついた。この人たち、護衛という名の見張りだ。予想は的中して、部屋に入り庭を見やるとそこにも兵士の姿がある。

これじゃあ屋敷を抜け出せないじゃない。最悪だ。

ふてくされた私は早々にベッドに入った。

これからどうしよう。せっかくの家出計画がいきなり暗礁に乗り上げてしまった。

翌朝早くに三人の侍女が離れにやって来た。今日から私専属の侍女になるそうだ。

部屋の外だけでなく中にまで見張りがついた。

しかも公爵が宣言していた、寝食よりも大事な教育までスタートした。

礼儀作法、ダンス、歴史や地理・貴族の情勢などの学習。拒否する暇もないほどの過密スケジュールで、逃げ場のない私は仕方なく授業を受けたけれど、本当に大変だった。

地理や歴史はまだよかった。学生のとき勉強した要領で覚えられたから。

でも礼儀作法とダンスはひどかった。あまりの出来の悪さに教師も引いていたもの。

私が神経をすり減らしている間に、エルマが嫁入りの支度にとりかかった。

ちゃんとやるのか疑わしかったけど、公爵に言われているのか滞りなく進めていた。

そんなふうに過ごしているうちにあっと言う間にふた月が経過。

私の教育はなんとか形になり一見順調に事は運んでいるけれど、水面下ではあきらめずに必死に脱出を企てていた。

でも、全然だめ。あまり仕事ができなそうな公爵にしては鉄壁の守りで、抜け出せそうな隙がない。


結局なにもできないまま、ついに王宮入りの日を迎えてしまった。

カレンベルク王国国王は公爵よりも年上で、五十歳をいくつか過ぎている。いくら王妃の地位が得られるといっても、よほど権力欲の強い令嬢でもなければ気の進まない縁談だ。

アリーセも心の中ではすごく嫌だったんだろうな。ランセルに淡い恋心を抱いていたんだものね。

それでも公爵が光栄だと喜び、自慢の娘だと言ったから、ベルヴァルト公爵家の繁栄のためにと気持ちに折り合いをつけて、国王陛下に嫁いだのだろう。

その先に悲惨な未来が待っているなんて思いもせずに。

後妻を望んでいたわりに、国王は一度もアリーセの寝室を訪れなかった。

その噂はすぐに広まり、捨て置かれた王妃として蔑ろにされた。

結婚してから二年間。王妃としての公務を任せられることもなく部屋にこもり、実の父親の公爵にも見捨てられひっそりと誰からも顧みられずに生きていた。

話し相手もいない孤独な暮らしは、とてもつらかっただろう。

それでも我慢していたのに、国王をたぶらかし浪費を繰り返す希代の悪女に仕立て上げられてしまうんだからひどすぎる。

私は絶対にそんな未来には進まない。

# 輿入れの日

　後妻だからという理由で、婚礼の儀式は王家のものとは思えないほどささやかだった。というか、結婚式自体が省かれていた。何枚かの書類にサインをしただけで、国王は姿すら見せない。

その後、ごく少数の家臣に見守られながら王妃戴冠式を行ったが、ここでも国王は不在で、冠は大司祭から授けられたのだった。

　それから私室に案内された。

　私が与えられたのは、王族の居住地区の最北に位置するふた間続きの部屋。広々とした居間と続きの寝室がある。国王の私室は反対の南側だという。偶然顔を合わせる確率は低そうだ。

　早くも国王に蔑ろにされる王妃の気配があふれている。早いうちにこの状況をなんとかしなくては。立場が弱いままでは、罪をかぶせようとする者に簡単に陥れられる。

　その流れを変えるには、アリーセの立場を強くするしかない。

　とはいえ、一番いいのは穏便に離婚してもらうこと。話し合ってその方向に進められないものなのかな。

ただ、今夜の初夜はスルーされるんだよね。その後も会う機会がないはずなので、国王と話し合うのは非常に難しい。どうしたものか……。

小説で読んだ通り国王の訪れはないまま、私はひとりきりで朝を迎えた。天井まで届く大きな窓からは、朝の光が差し込んでいる。

展開が変化して国王が来たらどうしようと少し心配だったのであまりよく寝られず、疲れが取れていない。

ベッドで上半身だけを起こしぼんやりしていると、ノックの音が耳に届いた。

数秒置いて扉が開き、王宮侍女の紺のドレスを身にまとった女性ふたりが入室する。

私の身の回りの世話のために王家がつけた侍女たちだ。昨日簡単に紹介を受けていたのだけれど、時間がなくて挨拶のみだった。今日から正式に仕えてくれるのだそう。

ふたりとも貴族家の娘だけど、見た限りでは威張ったところも気取ったところもなく、感じがよさそうな、アリーセと同年代の女の子たちだ。

背が低く顔が丸い茶髪の子がメラニー。すらっとした長身で、黒髪の子がレオナ。

ふたりとも口にはしないものの、国王の訪れがなかったと知っている様子だった。

初夜についてはいっさい触れずに、入浴の準備を整え始める。体や髪を洗ってくれると言われたけれど、丁重にお断りした。

お風呂の後はメラニーの選んだ服に着替えをする。

比較的襟が大きく開いた赤いドレス。素材は光沢のあるシルクでかなり華やかな印象だ。公爵家のクローゼットにはなかったタイプだけれど、なかなか似合っている。

エルマが用意した衣装の中で見かけなかったものなので、王家が用意してくれたものなのかな。

「よくお似合いですわ」

メラニーが笑顔で言う。

「ありがとう」

返事をするとうれしそうに頬を染めるところは、同性の私から見てもかわいい。

「続いて髪を結ってよろしいですか？」

ヘアアレンジとメイクはレオナの担当のようだ。

「ええ、お願いね」

レオナは器用に私の髪を複雑に結い上げ、ダイヤモンドの髪飾りで飾ってくれた。

薄く施してある化粧と相まって、美人度が上がっている。

鏡の中には公爵家の離れでひっそりと暮らしていた娘の姿はなく、自信にあふれた若い王妃がいた。外見を変えただけで、こんなに変わるなんて驚いた。ふたりの美容の技はかなりのものみたい。

でも……小説の中でこんなふうにアリーセが着飾るシーンなんてあったっけ？　侍女にも下に見られて仕事放棄されていたような描写が目立っていたけど。

考え込んでいると、メラニーの明るい声がした。

「王妃様、朝食の支度をいたしますね。居間でよろしいでしょうか？　テラスに用意することも可能ですが」

「テラスで食べたい。お願いできる？」

理由は分からないけど、親切な侍女でよかった。私は笑顔で返事をした。

王妃生活がスタートし十日が過ぎた。

予想通りいまだ国王と会う機会がない。寝室にはもちろん来ないし、食事の誘いもない。新婚夫婦どころか仮面夫婦よりもひどい状況。完全に放置されていて、物語同様捨て置かれた王妃への道を着々と歩んでいる。

当然このままだとまずいので、そろそろ行動に出ることにした。

朝一番の身支度を終えた私は、メラニーに向けて言った。

「国王陛下にお会いしたいの。伝えてもらえる？」

国王がどんな人か、一度会って確かめてみたい。小説では国王の内面については
まったく触れられていなかったから、なにも分からないのだ。
相手がどう考え、行動しているのか少しでも知ることができれば今後の対応の手がかりになる。

話がわかりそうな相手なら、平和的離婚をお願いできるかもしれないからね。

けれどメラニーは、私の申し出にあからさまに動揺を見せた。

「で、ですが……」

「どうしたの？」

「……申し訳ございません。国王陛下へのお目通りは難しいかと思います」

「難しい？」

メラニーは無意識かもしれないけれど目を逸らした。

これはもしかして、誰かになにか言われている？

「誰かに釘を刺されているの？　私を国王陛下に会わせないようにしろと」

メラニーがはっとした様子で目を見開き、その後相当言いづらそうに口を開いた。

「実は宰相のエンデ様より、しばらく国王陛下に目通りは叶わないため、王妃様には

そのように申し伝えよと命令されておりました。ですがなかなか言い出せずに……申し訳ありません」

メラニーが深く頭を下げる。その少しうしろに控えるレオナも気まずそうだ。

「謝らなくていいから、顔を上げて」

できるだけ穏やかに告げると、ふたりは恐る恐るといったように顔を上げる。

「彼からはいつそのように言われたの？」

「アリーセ様が王宮に入られた翌日です……。陛下の訪れがなかったようで心配していたところ、エンデ様から呼ばれまして」

「そう、宰相が……」

宰相とは私が前にいた世界でいうところの総理大臣のような感じで、国王に命じられて政治を取り仕切る人物だが、カレンベルク王国の宰相には伯爵以下の貴族が就くという決まりがある。

公爵家やバルテル辺境伯家のような大貴族に権力が集中しすぎないためのルールで、現宰相は歴史はあるけど財力はそこそこのエンデ伯爵家の当主。物語の中ではよくも悪くも活躍の場がなく、存在感が薄い人だった。

アリーセが断罪されたときも、発言するのはランセルばかりで宰相がどこにいたのかすら記載がなかった。

　輿入れの日に見かけたけれど、中年で中肉中背で顔にも目立った特徴がなく、とにかく地味。態度も宰相という高位に就くわりに控えめでとてもおとなしかった。

　そんな人が、私と国王が会うのを邪魔するとは思えないけどな……。もしかして宰相の言葉といっても実際は国王の意向だったりして。

　分からない。いずれにしてもだめと言われたからってあきらめるわけにはいかない。

「エンデ宰相の言い分は分かりました。でも納得はできません。国王陛下に取り次ぐように伝えてきて」

「ですが、それはお断りするようにと命令されております」

　私とエンデ宰相の間で板挟みになったメラニーは困りきっている。彼女が悪いのではないと分かっているけれど、あえて厳しい態度で告げた。

「自分の夫に会えないなんておかしいでしょう？　そもそも、なぜ王妃の私が宰相の指示に従わなくてはならないの？」

　メラニーは、はっとした様子を見せた。私が、宰相より王妃である自分の方が上だと主張したからだ。

　メラニーもレオナもいい子だけれど、それでも私を名ばかりの捨て置かれた王妃だと考えていたはず。実際、嫁いでからの十日間、私は王妃の身分をひけらかしたりしなかった。だから急に自己主張を始めたことに驚き、どう扱っていいか分からないのだろう。

恐らくほかの貴族たちも皆そうだ。婚礼の儀式はなし、お祝いの夜会も開いていない。さらにはもともと公爵から疎まれているという評判がある。

メラニーの対応は当然とも言えるけれど、これからは認識を改めてもらわなくては。

まだ判断しかねている様子のメラニーに私は続けて命じた。

「国王陛下への目通りとは別件になるのだけれど、近いうちにお茶会を開きたいと思っているの。その旨も宰相に伝えて」

「お茶会でございますか？」

メラニーが戸惑いを見せる。

「ええ。王妃がお茶会を開くのは普通でしょう？」

「……はい。ではエンデ様に許可をいただけるようお願いを……」

「許可ではないわ」

私は彼女の発言をあえて遮った。

「エンデ宰相に伝えるのは〝お茶会を開く〟という事実の報告よ。誰かの許可はいりません。そうでしょう？」

　少し首をかしげてみせる。メラニーの顔色が悪くなったけれどかまわず続けた。

「エンデ宰相が反対すると言うなら直接私のところに言いにくるように伝えて」

「は、はい」

「ではすぐにお願いね」

　メラニーは、私の言葉通り急いで部屋を出ていく。

　扉が閉まりレオナとふたりきりになると、私はソファの背もたれに体を預けた。

　静かになった部屋でレオナがお茶を淹れてくれた。温かいお茶を口にすると気分が穏やかになる気がする。

　上流階級のお茶会になんて参加した経験のない私が、いきなり主催するなんて本当は無茶なんだよね……。

　でも仕方がない。王妃としての存在を主張するには社交の場に出ていくしかないのだから。

　この十日様子を見たけれど、お茶会や夜会の招待状が来る気配はまるでない。間違いなく避けられている。となれば自ら開くしかないでしょう？

　貴族の女性たちの多くは招待すれば応じるはず。内心はどうあれ、王妃からの招待を断るのは難しいから。

そこで私が、決して放置される立場を甘受しているのではないと意思表示する場をつくるという計画だ。なるべく早く日程を決めて、それまでに準備を整えなくちゃ。

効果を高めるため、完璧なお茶会にしたい。うまくいくようにアドバイスをしてくれる人がいればいいのだけれど。

でもアリーセには最後まで友達ができなかったんだよね……頼めそうな人が思いつかない。やはりひとりでやるしかなさそうだ。

そういえば、ロウはどうしているのかな。あれでも有力貴族だから、私が王妃になったと知っているはずだけど。

久しぶりに彼と話したくなった。考えてみれば私が素で話せるのって彼だけだもの。

「ねえレオナ。私への面会の申し出があった場合どう取り次がれるの？」

ふと気になって聞いてみた。

「アリーセ様の場合、まずはエンデ様のところに連絡が行きます。そこで許可が出ればこちらに話が来るそうです」

宰相が一時窓口？　どうにも納得がいかない。なぜ私への来客を宰相に管理されなくてはならないのだろう。もし彼が許可しなかったら、私は来客があったことすら知らないままになるんじゃない？

「どうかしましたか？」

黙り込んだ私に、レオナが心配そうに声をかけてくる。

「私への連絡をエンデ宰相が止めたら困ると思って」

「そうですね。でもさすがに公爵家の方の面会希望を断るなどないと思いますが」

「お父様ではないわ。ロウ……お母様の実家バルテル辺境伯家の人から連絡が来るかもしれないと思って」

ロウがわざわざ私を訪ねてくるかは分からないけど、来てくれたのなら会って話したい。

「分かりました。アリーセ様への来客はすべて知らせるよう、エンデ様にお伝えしますね」

「ありがとう、お願いね」

それにしても宰相は思ったより権力を握っているようだ。影が薄く覇気のない印象だったけれど、それは見せかけだけで実は策士なのかもしれない。

いろいろ考え事をしているうちに時間が過ぎていたようで、メラニーが戻ってきた。

表情に疲れが浮かんでいる。怒られたか、もめたりしたのかな？

心配になっている中、報告が始まった。

「ご命令通りエンデ様に伝えてまいりました」

「どうだった？」

「申し訳ありません。やはり国王陛下に目通りは叶わないとの答えでした」

「……そう」

がっかりしたけれど、半ば予想はしていた。だってこれまでずっと放置されているのだ。ちょっと頼んだくらいでは会えなくても不思議はない。

「ですがお茶会については、王妃様のご自由にとの仰せです」

「よかった、ありがとう」

もしかしたら断られるかもしれないと思っていたから、ちょっと拍子抜けした。

「いつ頃開催いたしましょうか？　場所なども決めて準備を進めねばなりませんね」

「そうよね。どこがいいかしら」

「薔薇の庭園はいかがでしょうか？　華やかな雰囲気に演出できると思いますし、外で過ごすのが気持ちのいい季節ですから」

薔薇の庭園か……名前の響きは王妃らしくてよさそうな気がする。

「そこにするわ。招待状を送ってもらえる？」

「かしこまりました。どなたにお送りしましょうか」

「伯爵以上の夫人と令嬢の中からメラニーが選んで。私の身の回りの世話はいいから早速取りかかってね」

「かしこまりました。ではレオナ、後は頼みますね」

困惑した様子を見せながらも、メラニーは私の指示通りに動きだした。

お茶会の日程は半月後に決定した。

ずいぶん日が開く印象だけれど、準備に手間がかかるためこれでも時間は足りないのだそう。

メラニーの作成した招待客のリストを確認していたある日、私に初めての面会希望が入ったとレオナが知らせにきた。

相手はバルテル辺境伯家。ということはロウだ。

## うれしい再会

　久々に彼に会えるのはとてもうれしい。

　すばやく身支度をして応接間へ向かうと、町で会っていたときとは違い、バルテル辺境伯の後継者にふさわしい装いのロウが待っていた。

　私の入室に気づくと静かに頭を下げる。

　彼のうしろには私の知らない女性と、なぜかガーランドさんがいる。どうして食堂で働く彼を連れてきているのだろう。

　内心首をかしげながら、私のうしろをついてきていたレオナに隣室で待つように伝える。

　彼女が退室するとすぐに声をかけた。

「ロウ、来てくれたのね」

　彼は笑顔でうなずく。

「久しぶり。元気そうだな」

　レオナが退室したからか、町での態度に戻っていた。肩の力が抜けてほっとする。

「ロウも変わらないね。ところで、どうしてガーランドさんが？」

「驚いただろ？　実はガーランドはバルテル家の家臣なんだ」

「嘘？」

「本当だって。食堂の店主は仮の姿だ」

仮の姿って……バルテルの人たちはいったいなにをしているの？

私と目が合ったガーランドさんは、気まずそうな顔をしながら目礼をする。

「でも、どうして辺境伯家の家臣が食堂を？」

「それはおいおい説明する。それより驚いた、町に来なくなったと思ったら王妃になってるんだもんな」

「話してなくてごめんね、決まった途端に忙しくなって、屋敷から出られなかったの」

「急だったのは確かのようだな。民への告知もなかったし」

普通はそういうのがあるんだ。アリーセの結婚は本当に適当に扱われているんだな。

「ここでの暮らしはどうだ？」

「まあいろいろあるけど、今のところ不自由はしていないよ」

「そうか」

「ねえ。今日ここに来たのって、私の顔を見にきただけじゃないよね？」

さっきから気になっていたことだ。ガーランドさんをわざわざ連れてきているところと言い、なにか用件があるんじゃないのかな？

「ああ、実はリセに頼みがあるんだ」

ロウが私をあてにするなんて意外だ。

「頼みってなに？」

「今から言うことは他言無用にしてほしい。いいか？」

「え？　う、うん。もちろん」

いったいなにを言われるのだろう。

分からないけど、ロウの醸し出す雰囲気がいつもと違い深刻そうなので、気を引きしめて言葉を待つ。

「俺たち辺境伯家の人間はあまり王都を訪れない。国境を守る役割があるからな。だが王家にとある報告をするにあたり、確証を得るため町で調査が必要で、しばらく王都に長期滞在していたんだ」

それで町をウロウロしていたのか。

「そういえば市場で追われていたことがあったよね。あれも調査の関係？」

「ああ、情報収集している途中に恐喝の現場に遭遇して仲裁に入ったんだ。そうしたら怒りが俺の方に向いて追われるはめになった。あの後身元を調べて騎士団に突き出して解決済」

「そうなんだ……災難だったね」

それにしても、ロウが王都にいるのはレアだったんだ。だから公爵家と王宮が舞台のアリーセの物語には出てこなかったのかな？

「ロウはなにを訴えにきているの？」

「以前町でインベル国の噂を聞いただろう？」

突然変わった話題に戸惑いながらもうなずく。

「うん、戦を始めそうな気配だって町の人たちが不安がっていたよね」

しばらくは戦争が起きないと知っている私も、なぜか嫌な感じがしたんだった。

「そのインベルがどうしたの？」

「あれは噂じゃない」

「え？」

噂じゃなかったら本当に争いが起きることになるのだけど。まさか……。でもロウの様子からはとても冗談を言っているようには見えない。

心臓がドキドキと波打ち始めた。

「インベルと……戦いになるの？」

ロウは険しい顔のままうなずいた。

「バルテルでも、それから町でも信憑性の高い情報を掴み、すでに王に使者を送り報告している。開戦するか交渉するか対応の指示を受けるために。だがなんの返事もなく、督促してようやく来た返事は〝なにもする必要はなし〟という驚くべきものだった」

「え……それは変だよね」

なにもしなかったら、いざと言うとき危ないんじゃないの？

「バルテルは独自の軍隊を持っているが、王家の許しなく勝手に戦を始めるわけにはいかない。だから俺が直接国王陛下の意思を確認するために来たんだ」

「そうだったの……。それで、国王陛下には会えたの？」

ロウの表情が曇った。

「一度目通りを許されたが、挨拶を終え訴えようとしたところで同席した宰相に止められた」

「止められた？」

宰相って、そんな権限があるの？

「国王陛下の体調が優れないからと。そう言われたら引き下がるしかない。代わりにランセル王太子に会い、バルテルの状況を訴えて国王陛下への口添えを頼んだ」

「もしかして、夜会のとき？」

「そうだ」

なるほど。だからランセルと一緒にいたのか。

「ランセル王太子は頼りになりそうなの？」

「いや、ランセル王太子の答えもはっきりしなかった。王家は動かないつもりかもしれない」

「理由は聞いた？」

「納得できない返事だった。でも王族にしつこく追及はできないからな」

国王は分からないけど、あのランセルがなにも考えずにぼーっとしているとは思えない。国王が亡くなってからアリーセを追放するまでの手際のよさはかなりのものだ。

そんな彼が動かないとしたら、理由があるんじゃないかな。なにか企んでいそうな気もするし。

「それで、これからどうする気？」

国王も王太子もだめでは、もう動きようがないんじゃない？

ロウは少し身を乗り出した。

「リセから国王にバルテルの件を頼んでほしい」

「は？」

思いがけない発言に私は高い声をあげた。

「な、なんで私？　無理でしょう」

政治についてなにも分かっていない私が口出しできる内容じゃない。

それ以前に、国王には会えていないんだもの。ランセルには近寄りたくもないし。向こうも私を毛嫌いしていて近づけないんだから、無理無理無理。

でもロウの押しは強かった。

「難しいのは分かってる。でもあれ以来国王への謁見は断られているし、ほかに方法がないんだ。俺に会うようにって口添えしてくれるだけでいいから」

「そ、そんなこと言われても」

ロウが本当に困っていると言うのは分かった。緊急事態でなければ私にこんなことを頼んだりしないだろうし、バルテルは話に聞くよりよくない状況なんだろう。

この世界に来て初めてできた知り合いで、結構気も合う彼の頼みを聞いてあげたい気持ちはある。でも、現実的に不可能だよね……。

断るにしてもせめて誠意を見せよう。

「協力したい気持ちはあるけど、本当に無理そう。実は私、一度も国王陛下に会えていないの」

ロウの目が驚愕に見開く。

「会えていない？　まさか、一度も会っていないのか？　輿入れの日も？」

「うん。部屋も遠くて偶然会う機会もないから」

「妃に迎えた相手と会わないなんて、どうしてだ？」

ロウは不審そうに顔をしかめる。

「さあ。私も分からない。理由も知らされていないし」

「公爵には話したのか？」

「言ってないけど、そのうち気づくと思う」

近いうちに、国王に顧みられない王妃って噂が広がるだろうから。

ロウも困っているようだけど、実は私の方もそんなに余裕はない。

物語の通りに行けば、王妃になってから断罪まで二年以上あるけど、すでに時系列が狂ってきている今、前倒しで破滅の日が来るかもしれないんだもの。

かといって具体的な対策ができているわけではない。

国王を説得して離婚できる可能性は今のところゼロ。お茶会を開いて人脈を作り地位を固めようとしても、ランセルが早々に断罪の場を設けたら太刀打ちできないしね。

ああ前途多難……とため息がこぼれそうになったそのとき、急に閃いた。

私はとても困っている。ロウも同じくらい困っている。

だったら私たち、お互い協力すればいいんじゃないの？

ひとりで動くより絶対にいいに決まっている。とくに私は味方がいない状況だから、ロウが味方をしてくれたら助かる。

思いついたら黙っていられなくなり、早速ロウに打診する。

「ねえ、私たち、手を組まない？」

「協力ってことか？」

ロウが怪訝そうに眉間にシワを寄せる。

「そう。私から国王にバルテルの件を頼むのは無理だけど、王家がどういう考えなのか探ってみるから。ほかにも情報があれば知らせる」

国王に会えなくても、宰相とか政治を行っている大臣ならなんとか面会できそうな気がする。

それにお茶会を開いて貴族夫人を招待すれば、なにか噂話を聞けるかもしれない。

「リセが俺に頼みたいことは？」

「私も情報が欲しいの。王妃になると周りに敵が増えるでしょう？　足を引っ張られたくないから対策を取るために私に関する噂を聞いたら教えてほしい。それから、国王陛下に会えない私はいずれ離縁されるもしれないけど、そのときに公爵家には戻りたくないの。国外に出るのに手を貸してくれない？」

　こうして口にしてみると、私からの要求の方がだいぶ多い。平等ではない取引だって断られるかな。

　ロウはしばらくの沈黙の後、慎重に返事をする。

「リセの評判を知らせるのは問題ない。でもさすがに離縁にはならないだろ？　夫婦仲が悪いからといって正式な王妃を簡単に離縁するなんて国王にもできないはずだ」

「もしものときの話。簡単じゃなくても離縁するってなるかもしれないでしょう？」

「……その場合、リセは抵抗しないのか？」

　抵抗？　するわけがない。むしろ離縁したい。

　そんな本音を言うのはさすがに憚られるので、控えめに答える。

「私はこの地位に向いていないので」

　ロウは真意をくみ取ってくれたのか、それ以上余計なことは言わず相づちを打った。

「そうか……その件は現実的になったら考えるとして、協力はするよ」

「本当？　よかった」

これで王宮を出た後の行先についてはなんとかなりそう。

後はロウから情報をもらって、アリーセに浪費の罪をかぶせようとする人物を特定し、断罪されないように持っていけばいい。

町で偶然ロウと出くわしていて本当によかった。

「予定とは違うけど話がまとまってよかった」

ロウもおおむね満足していそう。

「あ、ランセル王太子には私と組んだのは知られないようにしてね」

ばれたらロウまで目をつけられそうだもの。

「分かってる。それから今後の情報交換には、このふたりを通そうと思う」

ロウは背後に控えていたガーランドさんと女性に視線を移した。

調査などで不在が多いロウに比べ、ガーランドさんは基本的に店にいるので連絡が取りやすい。

女性はバルテル辺境伯家とつながりのあるフランツ子爵家の夫人とのこと。年齢は三十歳前後に見える。

「彼女にはリセについてもらう。王妃の相談役などもっともらしい役目を考えてくれ」

なんらかの名目で王宮に出入りするというわけね。

「分かった」

了承すると、フランツ子爵夫人が初めて私に話しかけた。

「王妃様、お目にかかれて光栄でございます。精いっぱいお仕えさせていただきますので、よろしくお願いいたします」

「こちらこそ。よろしくお願いします」

女性にしては低い落ち着きのある声。話しやすそうな人だ。

「彼女は信用できるし、カレンベルクの社交界について詳しい。伝達係だけでなくリセの助けにもなると思う」

「本当？　よかった、心強いわ」

お茶会の件も相談できそうだ。

「ロウ、いろいろありがとう。バルテルの件もしっかり調べるから待っていてね」

「頼む。でも、無理はしないでくれよ」

「分かってるって」

それから少しだけ打ち合わせをすると面会終了の時間になってしまった。

ロウに見送られ、迎えにきたレオナとともに部屋を出る。もう少し話したかったと名残惜しい気持ちになった。

翌日の朝食後。相談役になったフランツ子爵夫人が部屋を訪れた。今後はこの時間から夕食前まで勤めてくれるそう。

メラニーとレオナには席をはずしてもらって、早速お茶会について相談をした。

「半月後に薔薇の庭園でお茶会を開く予定があるんです」

「まあ、それはよろしいですわ。王妃様が王宮に引きこもっていると噂し始める者も出てきていますので」

「そうなんですか?」

噂が回るのが早すぎない?

「はい。なにかと文句をつけたい者は、常に一定数いるのですわ」

フランツ夫人は達観したようにさらりと言う。

「私がお茶会を開く気になったのは、ほかに表に出る機会がないからなんです。夜会もないし、公務も任されていないし、このままでは皆に忘れられてしまうと思って」

そして軽く見られ、罪をなすりつけられる。

「そうですわね。王妃様の存在を忘れる者はさすがにいないでしょうが、権威は失いかねません」

「そうならないようにしたいのだけど」

「お任せください。素晴らしいお茶会にしましょう」

フランツ夫人は胸を張って宣言する。

「ありがとう、頼りにしているわ」

ほっとした。これでひとつ前に進める。

「できれば定期的にお茶会を開きたいの。顔を出しておくのは必要だし、バルテルの件の情報収集もあるでしょう？」

「初めてのお茶会の招待客の中から情報収集に適任そうな人物に目をつけ、次も招待すればよろしいかと。今回の招待客はどのように選びましたか？」

「メラニーに任せたのだけど」

「では後ほど彼女に確認します」

かなりテキパキしている。

「ところで王妃様は、ご自身についての評判は把握されていますか？」

「多少は。貴族たちは私を公爵に疎まれている娘だと思っているのでしょう？」

「ほかには？」

「さあ、知らないけど」

こんなふうに聞いてくると言うことは、ろくでもない評判なんだろうな。まだ悪女とまでは呼ばれていないと思うけど。

「お茶会の前に知っておくべき情報ですので、はっきりと申し上げますね」

「ええ」

「ベルヴァルト公爵家に関して、社交界ではこのようにささやかれております。令嬢ユリアーネ様は美しく健気で努力家な貴族令嬢の鑑だと」

「え、そうなの？」

ついそんな言葉が口からこぼれた。

たしかにユリアーネは美人で、たくさんの教師のもと毎日勉強をしていた。だから努力家といえるだろうし、貴族令嬢の鑑なのかもしれない。

でも健気って感じではない。高飛車だしわがままだし性格がいいとも思えない。

どうやら、他人から見たユリアーネと私の認識にはかなり違いがあるようだ。

「それで、私はどんなふうに関わっているの？」

「……ユリアーネ嬢にきつくあたる厳しい姉だと」

「ええっ？」
小心者のアリーセがそんなことできるわけないじゃない。中身が私になってからは
ほとんど関わっていないのだし。
「ユリアーネ嬢の母の身分が低いのを見下してひどい態度を取っている、と言われて
います」
「それ、逆ですから」
どう考えても見下されているのはアリーセの方。
「私も王妃様を間近で見て、そのような方ではないと分かっています」
フランツ子爵夫人が信じてくれるのはよかったけど、ほとんどの人は分かってくれ
ないんだろうな。
夜会で皆が冷たかったのは公爵に疎まれているからだけではなく、性格が悪い娘だ
から嫌悪されていたのか。
私はがくりとうなだれた。これは誤解を解くのに時間がかかりそうだ。
フランツ夫人に招待客の人物像について教えてもらいながら過ごし、迎えたお茶会
当日。

一応王妃の私からの招待のため、欠席者はひとりもいない。

ちなみにフランツ夫人の提案で国王にも声をかけたけれど、返事すらない。ここまで姿が見えないと存在しているのかすら怪しく思うけれど、国王が姿を消したら騒ぎになるだろうし、ロウも実際会っている。きっと私の見えないところで生活しているのだろう。

実は一度国王に会いにいってみた。でも国王の私室につながる南側の一画は兵士が護衛に立っており、立ち入り禁止で通してもらえなかった。軽く抗議してみたけれど効果はなく、一向に接触する機会を持てていない。本当になにを考えているのか謎。

「王妃様、どうかなさいましたか？」

考え込んでいると、心配そうなレオナの声が耳に届き視線を上げた。

「なんでもないわ」

微笑んで答えると、レオナはそれ以上なにも言わず結い上げた髪に真珠の髪飾りを飾ってくれた。鏡の中には、華やかに着飾った王妃が映っている。

後は私次第。しっかりと自分の存在を主張して、見捨てられた王妃だなんて誰にも言わせないようにしなくては。そして公爵家時代からの悪評は誤解だったと分からせてみせる！

フランツ夫人に付き添ってもらい薔薇の庭園に向かう。

「皆さまもうお揃いのようですよ」

「ええ、教わった通りにがんばります」

張りきって言うと、フランツ夫人は頼もしい笑みを見せてくれる。

天気はよく青空が広がり、薔薇の匂いに満ちた庭園は華やかで美しい。

手入れの行き届いた緑の芝。人工的な池のほとりを、美しい薔薇が飾っている。

貴婦人たちの席がある東屋は直接日差しがあたることはないけれど、外の気持ちのいい風が感じられる。

一番上座にエルマとユリアーネの姿があった。ふたりともかなり豪勢に着飾っていて一番目立つ。

私が近づくのに気づいた貴婦人たちが椅子から立ち上がった。

私は用意されていた自分の席の前に立ち、今自分ができる最大限堂々とした態度で皆を見渡す。

「皆さま、本日はお集まりいただきありがとうございます。楽しんでくださいね」

私の言葉でお茶会が始まった。それとなく周囲の様子をうかがってみる。

今日招待したのは、伯爵以上の家の夫人と令嬢たち。皆社交会で顔見知りだからか、緊張している様子はない。

　ただ私の席の近くはしらけた空気が漂っている。一番近くがエルマたちなので無理もないのだけど。

　しばらくすると、ユリアーネに声をかけられた。

「お姉様、国王陛下のお加減はいかがですか？」

　お加減？　どういう意味だろう。返事にためらっているとさらに言葉が続く。

「国王陛下のお出ましがないのは体調がよろしくないからだと、お父様がおっしゃっていました」

　ユリアーネの言葉に、ほかの貴婦人たちがあからさまではないけれど反応する。どうやら皆、関心があるようだ。そして彼女たちの態度から、ユリアーネと同様の話を聞いているのだと分かる。

　なるほど。国王陛下は貴族家の当主たちにも顔を見せていないのか。

　ロウは謁見が叶ったと言っていたから、最低限の公務は行っているのかと思っていたけれど。

　王宮内でとくに混乱が起きていないのは、代行としてランセルが政務を執り行っているから？

「お姉様どうしたのですか？　黙ったままで」

「いえ、なんでもないわ。国王陛下はお変わりありません」

一度も会っていない立場を棚に上げ、私は堂々と言いきった。

フランツ夫人から教わったのだけれど、とにかく自信がなさそうなのが一番よくないらしい。

今この瞬間だって周りの視線は私たちに集まっているのだから、ここで臆してはいられない。

ユリアーネは私の態度が意外だったらしく、訝しげな表情になる。

「……そうですか。ところでお姉様、王宮での生活はいかがですか？　王妃殿下になったというのにお姉様の気配を少しも感じないので、心配していました」

「ええ。だから皆さんとお会いする機会を持ちたくて、お招きしたのよ」

私はユリアーネから視線をはずし、興味津々といった顔つきでこちらの様子をうかがっている貴婦人たちに声をかけた。

「今日の茶葉は、バルテル辺境伯領から取り寄せました。とてもおいしいので皆さんにも味わっていただきたくて」

「まあ、そうだったんですか。素晴らしい香りなのでどんな茶葉を使っているのかと考えていたところだったんです」

貴婦人のひとりが目を輝かせる。

事前情報によれば彼女は名門伯爵家の夫人で、他国の公爵家出身のため皆が一目置いている存在だ。

「ありがとうございます。気に入っていただけてよかった」

満足だというように目を細めて言うと、今度は別の令嬢が発言した。

「バルテルの品はなかなか手に入りづらいと聞きますけど、王妃様はバルテル辺境伯様の姪御様でもいらっしゃいますものね」

「バルテルは独自の騎士団を持っているそうですね」

思いがけなく貴婦人たちがバルテルの話題で盛り上がりだす。同じ国とはいえ、遠くなじみの薄いかの地に皆興味があるようだ。

日々退屈している貴婦人たちは、なにか珍しいことに食いつく。うまく会話を誘導すれば、バルテルの話題を引き出してなにか情報を得られるかもしれない。

でもそれは慣れてからにして、目の前のお茶会に集中しよう。

今のところは順調に進んでいる。予定していた通り、私がバルテル辺境伯の姪であると印象づけられた。

ベルヴァルト公爵家で大切にされていなくても、強いうしろ盾があるのだと貴族に認識させようとフランツ夫人が言い出した作戦だ。お茶会が終わり屋敷に帰った女性たちが自分の夫や父親にそう話し、さらに話が広がればいい。

それから質問には感じよく見えるよう優しく笑顔で答える。

気さくさを出す一方で王妃としての品格も意識しなくてはならないから、生粋の庶民の私には結構難しい。

しかし私には前世で培った営業職としてのテクニックならある。

とにかく相手の話をしっかり聞き、否定しない。人は真剣に話を聞き肯定してくれる人を好きになると聞き、営業活動でも実践していた。貴族夫人たちとの会話でも多少は効果があるはず。

会話の途中で困るとフランツ夫人がさり気なく助言をしてくれたし、メラニーとレオナがいいタイミングで新しいお茶とお菓子を運び、皆を満足させてくれた。

お菓子は王妃のお茶会にふさわしい最高級のものを用意したから、歓迎の気持ちが伝わり喜んでもらえるだろう。ただ、それだけではインパクトが足りない気がした。

なんでも手に入れられる貴族夫人たちを惹きつけるためには、珍しいものが必要だ。

そこで、もとの世界で気に入っていたお菓子のレシピを料理長に渡して作ってもらった。予想通り大好評だった。

しばらくしてから私は立ち上がり、皆に聞こえるようにしっかりと声を出した。

「皆さん、ここは薔薇の庭園の名の通り、美しい薔薇が咲き誇っています。せっかくですから楽しみましょう」

皆は面倒そうにする様子もなく私にならって席を立ち、池のほとりに向かう。薔薇の庭園は貴族と言えど訪れる機会が少ないので興味があるはず、とフランツ夫人が言っていた通りだ。

ただ、エルマとユリアーネは立ち上がりはしたものの、移動する気配がない。ふたりはまるで私の進路を塞ぐように立ち塞がっている。

なにか文句でも言ってくるのかと身がまえていたら、お茶会が始まって以来ずっと私のそばで控えていたフランツ夫人が、とても穏やかな声でふたりに話しかけた。

「ベルヴァルト公爵夫人、いかがなさいましたか？」

「フランツ子爵夫人、久しぶりですね。王妃付きになったとは知りませんでした」

エルマはフランツ夫人をちらりと見遣り言う。顔見知りのようだけれど、フランツ夫人の身分が下だからかとても冷たい態度だ。それ以上会話を続けず、すぐ私に向き直った。

「薔薇を見にいく前に、アリーセに話があります」

輿入れ前と変わらない偉そうな口調。私に対する態度を変える気はないみたい。

きっと私に頭を下げるのは耐えられないのだろうけど、あきらかに非常識だ。

「お話とはなんでしょうか？」

「先ほどからなにかとバルテル辺境伯家の名を出していましたが、今後控えなさい。あなたはバルテル家ではなくベルヴァルト公爵家の人間なのですから」

「バルテル家も私にとっては身内です。話をしてなにが悪いのか、理解できません」

エルマは不快そうに眉を寄せる。

「あなたの態度はベルヴァルト公爵家を蔑ろにしています。なぜ当家の話をしないのです？」

心底疑問だとでも言うように問われ、あきれ果てた。すばやく周囲を確認すると幸いにも私たち以外は声が届く範囲にいない。

「なぜ話さないかと言われましても……とくに話題がありませんから」

いい機会だからここではっきりしておこう。

「話題がない？　そんなわけないでしょう？」

「私がベルヴァルト公爵家について語ることなどありません。エルマ様やユリアーネと会話した覚えはほとんどありませんし、住まいも別だったのですから。それとも私の住んでいた離れの話でもすればよろしいですか?」

もちろん嫌みだ。エルマはすぐに気づいたようで頬を赤くした。

「あなた、私をばかにしているの? そのような態度が許されるとでも?」

「ばかになどしていません。あくまで真実です」

「あの人に報告しますよ?」

「お父様にどう報告なさるのですか」

予想はついているけどあえて聞いてみる。

「アリーセは王妃になって調子に乗っていると。誰のおかげで王妃になれたのかすっかり忘れ、私に対する態度もなっていないと伝えます」

私は苦笑い交じりに答える。

「どうぞ言いつけてください。けれどお忘れのようですが、私は王妃なんですよ。お父様はなにが言えるのでしょう?」

公爵にだって口出しはさせない。そう伝えたつもりだ。

エルマは私の意図を正確に受け取ったようで、怒りに肩を震わす。

「ここまで調子に乗るとは思わなかったわ」

エルマの表情は鬼気迫るものがある。まるで普段は隠している本性が現れたようだ。

内心怯みそうになりながら、なんとか表に出さず余裕のふりをして笑みを浮かべた。

「ベルヴァルト公爵家夫人、それにユリアーネ。今後は私に対する口のきき方を改めてくださいね。そうでなければベルヴァルト公爵家の人間は非常識だと言われるでしょう」

「なっ！　お姉様がどうしてそんな口を？」

いつもアリーセを下に見て余裕の態度だったユリアーネが、本気の怒りを見せた。

自尊心を傷つけてしまったのだろう。

でもここではっきりしておかないと、いつまでもばかにされたまま。私の立場は向上せず身の破滅につながるのだから。

「少し落ち着いた方がいいのでは？　誰かに見られたら恥をかくのはあなたよ」

追い打ちをかけるとユリアーネはますます怒りながら、それでも人目が気になるのか口を閉ざしたので沈黙が訪れる。しばらくするとエルマの声がした。

「よく分かりました」

「……分かっていただけたのならよかった」

そう答えながらもすっきりしない。エルマの様子がどこかおかしいのだ。

先ほどまでの怒りではなく、別のもっと怖い感情が隠されている気がする。

エルマは薄笑いを浮かべた。

「そうやって、いい気になれるのも今のうちでしょうね。あなたの地位はいつまでも続くものではないのだから」

ドキリとした。まるで未来を予言しているような言い方。

「私が離縁されるとでもお思いですか？」

「離縁？　それで済むと思うのは楽観的ではないかしら」

やっぱり……エルマの言葉にはなにか含みがある。

これから私が失脚するのを確信しているゆえの言動。そんなふうに感じる。

不意に思い浮かんだ考えに背筋が冷たくなった。

もしかして……アリーセをはめたのは、公爵とエルマの可能性があるんじゃない？

王妃の位を剥奪したのも、追放して殺害したのもランセルの指示かと思っていたけど、裏でベルヴァルト公爵家が動いていたのだとしたら？

すぐにでも問いただしたくなったけれど、なんとか思いとどまる。

すべて私の想像に過ぎないし、もし真実なのだとしても正直に言うはずがない。

とはいえ一度疑いを持ったせいで、警戒心が込み上がるのを押さえられなかった。

私の動揺に気づいたのか、エルマは勝ち誇ったように目を細める。

そのとき「王妃様」とフランツ夫人の控えめな声が耳に届き、はっとしてうしろを振り返る。

「皆さまがお待ちですよ」

フランツ夫人がささやき声で言う。劣勢の私をフォローしてくれたのだと分かった。

「そうですね」

おかげで少し冷静さを取り戻し、小さく息を吐いて再びエルマに話しかけた。

「ベルヴァルト公爵夫人、皆を待たせていますので、先ほどのお話は改めてうかがいます。ただ、親族とはいえ礼儀は守ってくださいね」

余裕のふりをして微笑み、ドレスの裾を翻しその場を去った。

池のほとりの薔薇園に向かう。綺麗に整備された道は歩きやすいけれど気持ちは重かった。

「大丈夫ですか？」

フランツ夫人が心配そうに声をかけてくれる。

「なんとか。まだ少し動揺してるけど」

「あまり気に病まないように。このお茶会に集中しましょう」

フランツ夫人の声を聞いていると、段々と気持ちが落ち着いてくる。

私が貴婦人たちと合流したしばらく後に、エルマとユリアーネがやって来た。私はふたりと目を合わすことなく、貴婦人たちとの交流を楽しむよう努めた。


王家の薔薇は好評で皆楽しんでくれたようで、会話も弾んだ。お茶会は概ね成功したと言えるだろう。夫人たちが持っていた私の印象も少しは変わったと期待できる。これからも定期的に開き、情報収集と交流をしよう。

その一方で、ベルヴァルト公爵家について調べようと決心した。

まずは一番疑わしいエルマから。経歴だけど、アリーセの母が亡くなる前は公爵が用意した郊外の屋敷に住み、そこでユリアーネを産んだ後、後妻としてベルヴァルト公爵家に入ったと聞いている。エルマと公爵が出会ったきっかけはなんだったのか。

彼女の実家はリッツ男爵家という新興貴族。でも、社交界ではあまり存在感がないようで、お茶会の招待客リストにも家名はなかった。

そこで王宮の図書室から国内貴族についての資料を借りてきた。

階級の低い子爵と男爵は、上位貴族と比較して人数が多い。膨大な資料の中から、地道にリッツ男爵家に関する情報を探し出した。

それによるとリッツ男爵家は、もとは豪商『リッツ商会』の創業者で、他国との貿易を行っていたそうだ。かなり手広く商売をし、国内では唯一インベル王国と取引をしており……。

読み進めていた私は、思いがけない情報に驚き息をのんだ。

不穏な動きをしているインベルと、エルマの生家に関わりがあったなんて。

嫌な予感が湧き上がり、すぐにリッツ商会について書かれている資料を探す。

それによると〝今から百年前、他国の商人がカレンベルク王国を訪れそのまま店を立ち上げた。これがリッツ商会の始まりである〟とある。

……え？　リッツ家はもともと他国の家なの？

百年前ならまだそれほど代替わりはしていないから、出身国に親族がいるだろう。

でも、どこの国の出なんだろう。

続きを読んだものの、そのあたりについては触れられていなかった。

リッツ家はカレンベルク王国で順調に商売を続け、規模を拡大し多大な資産を手に入れた。そして先代当主の時代に、当時の国王から男爵位を与えられ、貴族の仲間入りをしたとある。

現当主はエルマの弟で、リッツ商会の当主でもあるらしい。リッツ家の小さな領地の経営は人に任せ、自分は商会の仕事に専念しているとか。

当主にとくに不審な点はないけれど、リッツ家がもとはどこの国から来たのか、インベルとどんな関係があるのか、気になる。

だけどこれ以上の情報は、今のところ手に入らなそうだった。

直接エルマに聞いたところで答えるはずがないし、むしろ怪しまれるだけだ。

下手に動けないけれど、調べた情報は心に留め置いておこう。

その後、フランツ夫人のアドバイスを受けながら定期的にお茶会を開き、交流と情報収集を続けていた。

招待客は固定してきているから、だいぶ打ち解けて気安く会話ができるようになっていた。人脈を作るという目標はそれなりにうまく進んでいる。

それとなくバルテルについて話を振ってみたけれど、誰もインベルの件については知らないようだった。

王宮内でもだけど、インベルなんて名詞自体が会話に出てこない。それほど皆が関心のない事柄なようで、町の人たちとの温度差を感じた。

ロウにとくに報告できる情報はなかったけれど、フランツ夫人の方からは定期的に連絡を入れているようだった。

お茶会は王宮内で場所を変え、新しいもの好きの貴婦人が楽しめるようにと工夫を凝らしてきたけれど、四回目の今日は初回と同じ薔薇の庭園で開催した。

エルマとユリアーネとはなるべく関わりたくないが、無視するわけにはいかないので毎回招待状を送っている。けれどあれ以来ふたりがやって来ることはなかった。

だから今回も不参加だと思っていたのに、私が薔薇の庭園に行くと一番上座の席に着飾ったユリアーネが座っていた。内心驚きながらも、いつも通り和やかに歓談する。

話題は毎回あまり興味が湧かない、どこかの貴族の男性が浮気をしたなどのスキャンダルがほとんどなのだけれど、今日の皆の関心事は私にとっても無関係ではない話だった。

「ランセル殿下の婚約者が、そろそろ決定するそうですね」

お茶会初回からすべて参加している伯爵夫人が切り出す。

私が驚いているうちに驚く速さで会話は進んでいく。

「ええ。夫も申しておりました。ランセル殿下は正式に王太子となり二年が経ちますし、いい加減王太子妃不在はまずいだろうと」

「もう候補は決まっているのですか？」

その言葉で皆の視線が初めに発言をした伯爵夫人に集まる。彼女はうなずき、なぜかユリアーネに視線を向けた。

「候補は何人かいるそうですが、ベルヴァルト公爵令嬢が最有力と聞いております」

それまで黙っていたユリアーネが得意気な笑みを浮かべた。

「ええ。お話はいただいていますわ」

「うらやましいですわ。でもユリアーネ様ならばふさわしいですわね」

「ありがとう。王太子妃になっても皆様仲よくしてくださいね」

ユリアーネは自信にあふれ、まるで女王のような堂々とした態度だ。

まだ正式に決まったわけでもないのに、いいのかな。これでやっぱり婚約がなくなりました、なんてなったら気まずいんじゃない？

それにしてもランセルとユリアーネが……。小説にはなかった展開だ。

ランセルは作中では独身で女性関係の描写がなかったし、ユリアーネはベルヴァルト公爵家を継ぐために婿入りしてくれる貴族子息の婚約者がいる設定だった。

結構な変化が起きている。小説の流れはもうほとんど参考にならなそうだ。逃げる準備をもっと急いだ方がいいかも。

私が今後の行動について考えている間も、話題は終始、ランセルの婚約の件だった。

お茶会が終わり皆が帰ると、最後まで残っていたユリアーネが声をかけてきた。

「お姉様」

残っているのを見かけた時点で予想はしていたので、落ち着いて答える。

「どうかしたの？」

「お話があります。人払いをお願いできますか？」

改まってなんだろう。怪訝に思いながらフランツ夫人に先に部屋に戻るよう伝える。

「それで、話とは？」

「私が王宮に入ったら、よろしくお願いしますね」

よほど誇らしいのか、満面の笑みだ。

「そのような発言はよろしくないのでは？　まだ正式に決まったわけではないのですから」

ユリアーネは気分を害したようで眉間にシワを寄せる。

「お父様は決定したも同然とおっしゃっていました」

「でもあくまで候補でしょう？　だいたいユリアーネが王家に嫁いだらベルヴァルト公爵家の跡継ぎはどうするの？」

「その辺は心配無用です。お父様は親族から養子を迎えるそうですから」

「そう簡単にいくとは思えないわ」

公爵が決めても、エルマが口出ししそうだし。

「さっきから否定的なことばかり言うけど、お姉様は私が王太子妃になるのに反対なのね」

「反対というより、無理だと思ってるの。だいたい私が国王に嫁いでいるのに、ユリアーネまで王家に入ったらほかの貴族が不満に思うんじゃない？」

王家と関係を持ちたい貴族は大勢いる。

「政治的な面はお父様がしっかり考えています。それに国王陛下はもうお年で体の具合も優れないので、近いうちにランセル殿下に王位を譲るという噂です」

え……それ、堂々と言っていいの？　いくら周りに人がいないからと言って、王宮内でいつ誰に聞かれるか分からないのに。ユリアーネって、実は浅はかなんじゃないのかな。

「お姉様は、私に王太子妃は務まらないと思っているのね！」

ユリアーネは勘違いしたらしく顔を赤くしている。

「昔からそうだわ。バルテル辺境伯家出身の母親の身分を誇って、私たちを見下していたのよ……」

　いや、アリーセはそんなふうに考えていなかったはずだけど。いつだって家族と仲よくしたくて報われない努力をしていたんだから。

「でもお母様のリッツ男爵家はもともと他国の貴族だったのよ！」

「え？　商人だったのではないの？」

　思いがけない発言に、つい声が高くなった。

「違うわ！　インベル王国の貴族だったのだから」

　私は小さく息をのんだ。調べても分からなかったリッツ男爵家の過去を、こんなにあっさり知ることになるなんて。

「……それは確かなの？」

「本当よ。叔父様が屋敷に来たとき、お母様とそう話しているのを聞いたのだから間違いないわ」

　ユリアーネは得意気だ。

「インベルの貴族が、なぜカレンベルク王国で商人になっているの？」

「それは知らないけど……なにか事情があったのでしょう。それよりも私が貴族の血筋だと分かってもらえたのかしら」

「今の話、公爵……お父様はご存知なの？」

「話したことはないわ。でも当然知っているでしょう？　叔父様はお父様とも仲がいいのだもの。離れで暮らしていたお姉様はご存知ないでしょうが、ときどき食事をご一緒しましたの」

ユリアーネは勝ち誇った様子で去っていった。

私は私室に戻るとすぐ、フランツ夫人にユリアーネから聞いた話をした。この情報はロウに伝えた方がいいと思ったからだ。

フランツ夫人もリッツ家とインベルの関係を知らなかったようで、驚きながらもロウへの伝達の手配を始めた。

翌日。ロウが早速登城した。フランツ夫人とともに、以前会った応接間で再び対面する。

彼はガーランドさんを連れていて、しっかりとした貴族の装いだった。

伝達で情報は把握しているようで、挨拶もそこそこにロウが切り出した。

「リッツ家が元インベル貴族だというのは驚きだった。インベル貴族がカレンベルク王国に入ったという情報はなかったからな」

「そうなの？　ユリアーネから聞いてね。でも、偽情報なのかな」

聞いたときは疑わなかったが、情報源としてあまり信頼は置けないかもしれない。

「リッツ家は商売でインベルと関係があるみたいだし、信じちゃったんだけど」

ロウは同意するように相づちを打つ。

「無関係の貴族令嬢からインベル国の名が出るとは思えない。ユリアーネ嬢とインベルにはなんらかの接点があるはずだ」

「あ、そうだよね。王宮でもインベルの話なんて誰もしていなかったし。存在すら忘れられているみたいだった」

それどころか、禁句にでもなっているように国名すら聞く機会がない。

でもそれはバルテルもなんだよね。悪い印象はまったくないようだけど、大貴族の領地とは思えないほどになじみがない。

貴族たちがそんな認識だから、国王もバルテルを蔑ろにして真面目に対応してくれないのかな。戦が起きそうだっていうのに。

「ロウの方は進展があった？」

「いや、変わらずだ。このまま過ごしていてもいい方向へは進まないかもしれないな」

ロウがぽつりとつぶやく。なんだかあきらめてしまったみたいに感じる。

「でもそれだと、王家にとっても困るよね。どうして放置しているんだろう」

「王家はバルテル家を見捨てる気かもしれない。だからなんの対策も取らない」

「まさか！」

そんなことをしても王家に得はないはず。インベルが攻めてきたら大打撃を受けるんだから。

「ありえない話じゃない。リセは知らないようだけど、もともとバルテルはカレンベルク王国の領地ではなかったんだ」

「え……？」

カレンベルク王国の歴史については輿入れ前に無理やり知識を詰め込まれた。建国四百年の歴史の中でバルテルが途中で加わったなんて聞いていない。どういうこと？

「バルテルは、もとはインベル王国の一部だったんだ。だが二百年ほど前にインベルで内乱が起き、領土の約三分の一がカレンベルク王国に編入された。それが現在のバルテル領」

「……そんなの習ってない」

あんなにたくさん勉強したのに、なぜそれほどの重大事件がスルーされたのだろう。

「王家が隠しているからだ。もちろん知ってる者は何人かいるが、話が広がらないように規制されている」

情報の規制……この世界にもそんなのあるんだ。

「でもどうして隠す必要が？」

しかも王家に嫁ぐ私にまで。

「カレンベルク王国にバルテル領が吸収されたとき、問題が起きたからだと言われている。王家としては振り返りたくない歴史なのだろう」

「つまり王家がなにかよくない行いをしたのね？」

自分たちの醜聞を消したってわけだ。

バルテルが国内で特殊な立ち位置なのは、場所柄と国境警備の役割からだと思っていた。でも実際はそうではなく、最初は別の国だったからなんだ。

「そういった事情でインベルはバルテルを狙っている。本来の自国の領土を取り戻そうとしているんだ。王家はそれを分かっているのに対応しようとしない。それはもしかしたら、容認しているからかもしれないな」

「容認はしないでしょ？　バルテルの領土はかなりの大きさだからインベルに取られたら王家だって困るはずだもの」

バルテル領がまるまるなくなったら、カレンベルク王国の国力は著しく低下する。

「王家はバルテル家を信用していない。バルテルの領民がいつまでもよそ者扱いをする王家に不満を持っているのを知っているからだ。いつかバルテルは裏切るかもしれない。国内に裏切り者を抱えているくらいなら、インベルに返した方がましだと考える可能性もある」

ロウは後半、いつもの朗らかさを消した重い表情でつぶやいた。

私も嫌な予感でいっぱいだ。だって今の流れだとカレンベルク王国とインベルはつながっている可能性が出てくる。もしそうだとしたら、バルテルは前後を敵に挟まれた格好になってしまう。

「国王たちはなにを考えているのかな？　もとは別の国といっても、もうずっと昔に受け入れて同じ国民になったのに。どうして今さら疑心暗鬼になるの？」

「理由は俺にも分からない。でもバルテルも考えを変えなくてはいけない時期にきているのかもな」

ロウが静かに言う。その様子はなにかを決意したようにも見える。

「……もしかして、王家へ訴えるのをあきらめたの？」

彼は見切りをつけたのだろうか。

急に不安が大きくなった。ロウが王都を離れバルテルに戻る気なんじゃないか。そんな気がするから。

「そうだな。いつまでもここに残って時間を無駄にはできない」

胸がずきりと痛んだ。心細さにさいなまれる。

「そんな不安そうな顔するなよ。リセとの約束は忘れてないから」

「でもそれは無理でしょう？」

王都を離れたら連絡を取り合うのは難しくなるだろうし。それにロウの方に私と協力するメリットがなくなる。

「一度バルテルに戻り父上と相談しないといけない。けれど近いうちに戻ってくる。それにガーランドとフランツ夫人は今まで通りだ」

「……いいの？」

「ああ。リセに言われていろいろ調べたら、気になることが出てきたからな。放っておけないだろ」

ロウの言う〝気になること〟とはまさか、アリーセに関する悪評だろうか。あまりにひどくて心配してくれているとか？

私としては助かる申し出だけど、ロウの方はそれで大丈夫なのかな。バルテルは大変な時期だろうに。

「あ、信じてないな？」

「そうじゃないけど、悪いと思って」

「気にするな。俺たちは従兄妹だし、父上もリセを気にしているだろうから」

〝父上〟って現辺境伯のことよね。アリーセの母親の兄にあたる。

「ありがとうね。私もいつか伯父様に会ってみたいな」

「そうだな。早く落ち着くといいな」

ロウが表情を和らげて言う。

本当に早くすべて解決するといい。そして王宮を出て、バルテルに行ってみたい。

そんなふうに思った。


私はロウと別れて私室に戻ると、これまで判明した事実をまとめてみた。

インベルとバルテルはもともとひとつの国。二百年前にインベルの三分の一がカレンベルク王国領土となり、バルテル辺境伯領が誕生した。

それ以来、インベルとバルテルの間にまったく交流はなく、商人が個人的に行き来するだけ。

商人は豪商のリッツ家で、前当主の娘がベルヴァルト公爵家に嫁いでいる。

そのリッツ家は、元インベルの貴族。

知っている情報を紙に書き出すとため息をついた。

リッツ家が定期的にインベルと取引ができていたのは、そのせいだったんだ。

インベルに貴族の親類が暮らしているのだから、太いつながりがあるはずだもの。

そうだとしたら公爵とエルマはバルテルとの間に不穏な動きがあると、噂ではなく真実として知っていたのかもしれない。

デビューの夜会の後に公爵が、私とロウの会話内容を気にしていたのはそのせい？

それにしても、考えるほどよくない状況な気がしてくる。

危なげなインベルと関係のあるエルマが、私の失脚を予言したんだもの。

なにか企みを持っていそう。でも、いったいなにが？

物語の中でアリーセがなすりつけられた罪は、著しい浪費だった。実際、国が傾くほどの金銭が何者かによって使い込まれていて国庫は厳しかったようだけれど、真犯人は不明。エルマかと思いかけたけど、彼女は城に出入りする機会が少ないから可能性は低そうだし。

考え込んでいると、慌ただしい足音が聞こえてきた。間を置かずにメラニーが飛び込んでくる。彼女らしくない慌てた様子に私は眉をひそめた。

「どうしたの？」

「王太子殿下がいらっしゃるそうです。すぐにお支度を」

「え、今から？」

どうしてランセルが私の部屋に？　彼とは王妃戴冠の儀式の際に顔を合わせたきりだ。いったいなんの用で来るのだろう。嫌な予感……。

ランセルはそれほど時間を置かずにやって来た。

「ランセル殿下、お久しぶりで……」

「どういうことだ？」

彼は出迎えた私にキツイ目を向けて言う。挨拶はなし。

なんでこんなに感じが悪いんだろう。夜会のときもそうだったけど、いきなりけんか腰だし。

不愉快になったけれど、我慢して冷静に返事をする。

「おっしゃる意味がまったく分かりません。落ち着いてご説明いただけませんか？」

ランセルは王太子でとても身分が高い人だけれど、私だって名ばかりとはいえ王妃なのだ。必要なことはしっかり言ってやる。

彼はむっとしたように顔をしかめながらも、ソファに腰を下ろす。

「あなたは定期的に有力貴族の夫人方を集めているそうだな」

「お茶会なら開いてますけど」

ランセルの不機嫌の原因はお茶会なの？　なぜそれくらいで怒るのだろう。

「私の婚約者について話題にしたと聞いた」

「はい、たしかに」

有名人の結婚なんて、どんな集まりでも関心事だろう。そこまでヒステリックに反応しなくたっていいのに。

それよりも私は、ランセルが早くも昨日のお茶会の内容を知っている事実に驚いた。あの場に彼へ情報を流している者がいたのだろうか。そうだとしたら、ランセルはこれまでも私の動きを監視していたことになる。関心がなさそうなそぶりをしながら、水面下では私を警戒していたんだ。陰険で嫌な感じ……。

むっとしているとランセルがひと際強い口調になる。

「今後は控えてもらいたい。あなたに口出しをされるのは不快でしかない」

「別に口出しなどしていませんが。王太子殿下の婚約は皆の関心事ですから話題に上っただけです」

「しらばっくれないでもらいたい。ベルヴァルト公爵家のユリアーネ嬢が有力だと、皆の前で宣言したと知っている」

ランセルは忌々しそうに顔をしかめる。

「その情報をどのように手に入れたのか知りませんが、間違っています。ユリアーネが候補だと言いだしたのは私ではありませんし、宣言したのもユリアーネ自身です」

「妹に罪をなすりつけるのか？」

彼は軽蔑したように目を細める。なにがなんでも私を悪者にしたいようだ。

勢いに圧倒されているうちに話がどんどん進んでいきそう。もちろんそうはさせないけど。

「そんなことはしません。ランセル殿下こそ思い込みで私を犯人にするのはやめてください」

「思い込み？　事実ではないか」

「違います。なぜそう思うのです？　社交界で流れている噂を聞いて判断しているのですか？　でもその噂は事実ではありません」

「姉は国王の後添えに収まり、妹を王太子妃の妃に推す。あきらかにベルヴァルト公爵家の利益になる縁談だ。客観的に見てもあなたの企みだろう」

「私に王族の結婚を決める権限などありません。それはランセル殿下もご存知のはず」

ランセルは、口もとをゆがめる。

「ベルヴァルト公爵家では母親の生家の威を借り、思うがまま振る舞っていたとか。父をたぶらかし王宮にまで入り込んだあなたに、できないことなどないと思うが」

え？　父をたぶらかしたって……。

「まさか、私が国王陛下に自ら近づき、王妃になったと思っているのですか？」

「そうだろう？　でなければ父が今さら後妻など迎えるはずがない」

ランセルって自分の父親の再婚事情をなにも知らないの？　いや、まさかそんなはずないよね。

「私が王妃になったのは王命です。国王陛下と会ったこともない私が、どうやってたぶらかすと言うのですか？」

信じられない思い込み。誰が好んで親より年上で面倒な息子がついている男と結婚したいと思うのか。

「謁見が叶わないとは、どういう意味だ？」

ランセルは不審そうに眉をひそめる。あれ？　なんだか本当に驚いているみたいだ。

「国王陛下は私の部屋には一度もいらっしゃっていません。陛下からお聞きになっていないのですか？」

ランセルの瞳に一瞬動揺が走る。けれど意思の力なのかすぐに隠れる。

「陛下とあなたの話をする機会はないからな。だがもしそれが本当だとして、なぜ自分から会いにいかない？」

初めからだけど、彼は探るように私を見すえている。相当警戒しているみたいだ。

「会いにいきましたけど、護衛の兵士に追い返されました」

「嘘を言うな」

ランセルは姿勢を崩し、薄く笑う。

「嘘ではありません」

「あなたが追い払われて素直に帰ってくるわけがないだろう？」

彼はアリーセが〝そういう人間〟だと思い込んでいるのだろうけど、なぜここまでかたくななのか分からない。

優秀だと評判の王太子が、悪評だけを信じて人を嫌ったりするのかな？

実はたいしてできる男じゃないとか？

小説の中では有能な王太子と書かれていたし、アリーセを断罪して追放殺害までの手際が見事だから信じてしまっていたけど。

様子を見るためこちらからも質問してみようかな。

彼を真っすぐ見すえ堂々と告げる。

「ランセル殿下にお伺いしたいことがあります」

「……なんでしょう？　王妃殿」

言葉遣いは丁寧であるものの、彼の私を見る目は疑惑と不信感でいっぱいだ。

「本来ならば国王陛下にお伺いしたいのですが。インベル王国の件です」

予想もしていなかった質問なのだろう。ランセルの肩が揺れる。

「なぜあなたがそのようなことを？」

「インベルで不穏な動きがあると城下町で噂になっているそうです。インベルと国境を接するバルテル辺境伯家は私の母の生家ですから気になるのです」

「……そうだったな。ではあなたとローヴァインは親族だったか。まるで初めて会ったように振る舞っていたが」

ランセルが言っているのは、夜会のときの話だろう。

たしかにあのときの私たちは他人行儀だった。だって本当に初対面だったからね。

私なんてロウの存在すら知らなかったし。

「実際彼に会ったのはあのときが初めてです。それまで私は屋敷を出たことがありませんでしたから」

「なるほど。ではあの日がきっかけで交流が始まったというわけだ。ローヴァインはどうしている？　最近姿を見ないが」

「存じません」

ランセルは私とロウが面会していたのを知らないのかな。

「そうか。それであなたが知りたいのは、バルテルに危険がないかということでいいか？」

「はい。それからもし噂が本当でインベルが攻めてくるのなら、王家としてはどう対応するつもりなのか知りたいのです」

「その件は国王陛下からローヴァインに話してある。あなたが口出しする必要はない」

国王陛下の指示は〝なにもする必要はなし〟で解決に結びつかないものだと聞いている。

「ランセル殿下はその指示で問題ないとお思いですか？」

ランセルはなにか考えるように黙ったけれど、しばらくすると口を開いた。

「陛下のご命令だ。私が口を挟む必要はない」

「……そうですか」

落胆した。彼も国王陛下と同じでバルテルを切り捨てる気なのだ。

「不満そうだな」

「はい。残念です。王太子殿下はバルテルの民を見捨てたりはしないと思っていましたから」

ランセルの表情が曇る。

「聞き捨てならないな。見捨てたとはどういう意味だ？」

「そう思ったまでです」

口を閉ざすと、ランセルは不満そうに顔をしかめる。けれど追及することはなく、部屋を出ていった。去り際に「婚約の件については口出しするな」と釘を刺してから。

それにしても、やけに婚約話にこだわっている。ランセルはユリアーネとの婚約が不本意なのだろうか。

誰かほかに妃に迎えたい女性がいる？　それとも別の理由が？　例えば、私と関係するベルヴァルト公爵家が気に入らないとか。

どちらにしても、ランセルの婚約の件にはできるだけ関わらないようにしよう。

でも、誰がお茶会での話を彼に伝えたのかは知りたい。

その日以降、ランセルになにか言われることはなかったけれど、念のため次のお茶会まで少し日を空けることにした。

フランツ夫人に相談したけれど、心あたりはないしとくにおかしな動きをしていた人はいないと言う。

犯人を特定できないままお茶会を開けばどんどん情報が流れてしまう。聞かれて困るような内容を話さなくても、気に入らないことがあるたびに責められるのはたまらない。それにやっぱり監視されているのは気分がよくない。

でもお茶会を開かなければ、私の存在感なんてあっと言う間に消えそうだ。情報も入りづらくなるし。

「手がかりがないなんて困ったな……つながってるのは誰なのかしら」

ぼそりとつぶやくと、同じテーブルで本を広げていたフランツ夫人があっさりと答える。

「逆に考えると全員怪しいと言うことです。どなたがランセル殿下とつながっていても不思議はありません。一見関係がなさそうでもつながっているというのは、ままありますので」

「そうよね」

フランツ夫人とバルテル辺境伯家のつながりについても、ほかの人たちは知らない様子だもの。

「お茶会は、しばらく時間を置きましょう。幸い十日後に王家主催の夜会があります。王妃様の存在を皆に示すいい機会になりますよ」

「それね……国王陛下は出席するのかな」

「恐らく欠席かと。国王陛下はここ数年、公の場へのお出ましがありませんので」

人と会うのを避けているのかな？　それでよく結婚しようなんて考えたものだ。

もしかしてこの結婚は、国王ではない誰かが推し進めたものなのかも。

でも、誰が？　アリーセが嫁いで得をするのはベルヴァルト公爵家だけど、公爵は王家からの話だと言っていたし。

「国王陛下の具合が悪いって言うのは本当だと思う？」

フランツ夫人に声を潜めて聞いてみる。

人払いしてある部屋だというのに、彼女は周囲を気にしたように小声で答えた。

「本当かもしれませんが、ほかにもなにかがあると思います」

私は小さくうなずいた。

やはり誰が考えてもおかしいんだ。

怪しいエルマ、姿を見せない国王、そしてインベルの不穏な動き。

どれもばらばらな出来事だけれど、謎ばかりなのは同じ。
嫁いでからもう三月が経つ。そろそろはっきりさせたいところだ。
今度の夜会でなにか動きがあればいいけど。

## Side ロウ　バルテルの城塞で

バルテル辺境伯領の中央に位置する城塞の一室で、いかつい顔をした大男が憮然とした表情でつぶやいた。

「最悪だな」

彼の名はアロイス。バルテル辺境伯家の現当主でローヴァインの養父でもある。外見の印象通り豪胆な性格だ。十年前妻に先立たれてからは独身で通している。

「もどかしくて腹が立つ」

アロイスは座っている椅子の肘かけにガンと拳を打ちつける。部屋に控えていた従僕(じゅうぼく)たちはびくりと体を縮こませたが、ローヴァインは平然と諸々の報告を続けた。

「今報告した通り、カレンベルク王家はインベル家との件に消極的どころか、この機に便乗してバルテルを追放しようとしている可能性があります。ここ数か月王都に留まり情報収集をしながら国王への目通りを願ってきましたが、これ以上続けても無意味だと判断しました」

「そうだろうな。俺もそんな気がする」

「ではどうしますか？」

「王家はもうあてにせん。おとなしく指示を待っていたのは間違いだったな。バルテルは俺たちで守る。いつ開戦してもいいように準備をしろ」

アロイスはぎろりと睨みをきかせて宣言する。

「分かりました。国境の兵の数を増やします。指揮は俺が……」

「お前はすぐに王都に戻れ！」

指揮は自分が執ると言いかけたローヴァインの言葉は、父の大声によって遮られた。

「……王家はあてにしないいんじゃないんですか？」

「王家の協力はもうどうでもいいし、向こうがこちらを切り捨てたんだ。後々文句も言わせない。だが王都にはアリーセがいるだろう！」

アロイスは苛立ったように顔をしかめる。

「王妃にさえなっていなければ、今頃バルテルにさらってきていたというのに」

「やめてください。ベルヴァルト公爵家の令嬢をさらったら大問題です」

「お前はよくそんなふうに冷静でいられるな。俺の姪がとんでもない状況にいるんだぞ？　王妃なんてただでさえ敵が多い立場なのに、ベルヴァルト公爵家がインベルと関わりがあるだって？　いつなにが起きるか分からんではないか！」

先ほどからアロイスが怒っているのは、不誠実な王家の対応にというより姪のアリーセへの心配が大きいためのようだ。

「彼女は父上が思っているほど弱くありません。自分の考えをしっかり持っているしそれを伝えることもできる女性です。周囲に敵が多いのは確かでしょうが、一方的にやられたりはしないでしょう」

「アリーセは女だろう。しかもまだ若い。十七歳といえば、妹がベルヴァルト公爵家に嫁いだ年齢だ。妹は活発な子だったが、愛人のところに入り浸る公爵を留めることもできず、結局は病んで死んでしまった。俺がそれを知ったのは葬儀の後だ。後悔してもしきれない。アリーセまで同じような目に遭ったら……」

くそっ！と大貴族の当主とは思えない荒々しさで今度は自らの膝を叩く。

「ベルヴァルト公爵は許せんな。偽りの報告を長年し続け、我々バルテルを騙していた。なにより許せないのはアリーセへのひどい待遇だ」

アロイスは定期的にベルヴァルト公爵と連絡を取り、アリーセの様子を確認していた。毎度なんの問題もないという報告だったが、それらはすべて嘘で実は虐げられながら生活していたと知り、怒りが爆発している。同時にアリーセに対して深く同情し、心配しているのだ。

彼女の身を案じる気持ちはローヴァインも同じだ。信頼できるガーランドとフランツ夫人をつけているとはいえ、なにが起きるか分からないのだから。

しかし、父の不安とローヴァインのそれは微妙に違っている。

その違いは実際アリーセに会っているかどうかだろう。

元公爵令嬢で今は王妃として王宮で暮らしている。表に出るのは貴族夫人を招いたお茶会のときくらいと聞けば、深窓の姫を想像すると思う。

けれどアリーセはちょっと違うのだ。なんというか、逞しい。守られる存在ではなく、自ら道を切り開いていくような……。


アリーセとの出会いは今でもよく覚えている。

初めて王に目通りが叶い、希望を持って登城したがなんの成果も得られず落胆した日の夜だった。

ちょうど夜会があり、ローヴァインも謁見の後に出るようにと命令されたため、気は乗らなかったが王宮にいたのだ。

そこにデビュタントの白いドレスに身を包んだアリーセが現れた。

第一印象は儚げな美少女だった。月の光のような輝きの銀髪に、澄み渡った湖のような色の瞳。日の光を浴びたことのないような真っ白な肌に、抱きしめたら折れそうな細い体。

なんて綺麗な少女だと思った。バルテル地方には銀髪の人間が多く見慣れているはずなのに、彼女の銀の髪はまるで妖精のようだと、目が離せなかった。

見惚れて思考停止している中、ローヴァインと会話をしていたランセル王太子がなぜか彼女に辛辣な言葉を吐いたから驚いた。

耐えられずに泣きだしてしまうのではないかと心配したが、予想外に彼女は平然と対応していた。怯えるでも怒るでもなく淡々とした態度で。

しかも自分をアリーセ・ベルヴァルトだと名乗ったから、ローヴァインは短い間に二度目の驚きを覚えた。まさか彼女が自分の従妹だったなんて。

王都に出てきた目的は、国王と謁見しインベルの件について話をすることだったが、それとは別にアロイスからアリーセの様子を確認するよう言われていた。

国王に目通りが叶い話し合いがうまく行ったら、アリーセに面会を申し込もうと思っていたのだが……。

まさかその夜に会えるとは思っていなかった。デビュタントの令嬢が集まるとは聞いていたが、アリーセは十七歳であてはまらないと考えていたから。

なぜ一年遅れの社交界デビューなのか疑問だったが、ローヴァインはとにかく去っていく彼女を追いかけた。

声をかけると警戒されたが、用心深い性格の貴族令嬢なら不思議はない反応だったので、気にはならなかった。

従兄だと名乗ると彼女は驚いていた。ダンスは断られたものの、それなりに会話はできた。ベルヴァルト公爵家を訪ねたときに面会拒否なんてことにはならないだろう。だから、なるべく早く訪問するつもりでいた。

正直に言えば、穢れを知らないようなアリーセの美しさに惹かれていた。

その後、再び国王に目通りを願ったが許されなかった。すべて宰相のエンデ伯爵に拒否される。かたくななその対応に違和感を覚え、王宮の状況について調べていたため、アリーセに会いにいく時間が取れずにいた。

そんなある日、彼女と町でまさかの再会をしたのだった。

一瞬アリーセだとは分からなかった。顔立ちは同じだが服装髪形がまるで違う。彼女は町娘の格好で、しかもひとりでウロウロしていたのだ。

見かけだけでなく表情もあきらかに違っていた。

人形のように美しい印象だった夜会のときとは違い、町でのアリーセは表情豊かで、とても貴族の令嬢とは思えない。

口調もまったく顔に合わないもので、ローヴァインに衝撃を与えた。

アリーセを巻き添えに、大柄な男たちに追われながら駆け回った後。

『ねえ、これどういうこと？』

じろりと睨まれ、美しい深窓の姫君のイメージはガラガラと崩れていった。

だけど話してみると、アリーセはなかなか楽しい相手だった。

明るく気さくでなんにでも興味を持つ。食事も残さずきっちり食べる。ローヴァインが素を出しても平然としているから、居心地がよかった。

何度か会ううちに、彼女の優しさや心の広さを知った。初めは外見に惹かれたけれど、その頃には断然彼女の人柄を好きだと感じていた。

しかし、ある日突然彼女は町に来なくなった。

なにがあったのかと心配になりベルヴァルト公爵家に行き、面会を求めた。応接間に通されたが、来たのはアリーセの母親違いの妹ユリアーネ。

馴れ馴れしく近寄る彼女から、アリーセは王の後妻に選ばれたので男との面会は禁止になったと告げられた。

ガンと頭を殴られたようなショックを受けた。

まさか王の後妻だなんて……そんな状況は予想もしなかったから。

それまで女性にはたいして興味がなく、剣の修行と後継者の勉強に明け暮れていたローヴァインにとって初めての恋だった。それなのにあっと言う間に失った。

しばらく落ち込んでいたが、故郷のバルテルからインベルの動きが活発になっていると知らせが届いた。

国王の縁戚の高位貴族に根回しをして謁見を申し込んだり、ほかに近づく方法はないか調べたがどれも結果が出ず、最後の手段でアリーセを頼った。

王妃となったアリーセに会うのが怖かった。しかし久しぶりに会った彼女は、少しも変わっていなかった。

相変わらず美しいし衣装は豪華になっている。けれど本質はローヴァインが好きになったそのままで、あきらめようとしていた心が再び騒ぎだすのを感じていた。

そんな中、信じられない事実を知った。アリーセはいまだ国王と会ったこともないのだと。

インベルの件でアリーセを頼れないのが分かり落胆するところだが、喜ぶ自分を自覚した。

彼女がまだ誰にも触れられていないことがうれしかったのだ。

その後、アリーセに協力を持ちかけられた。バルテルとしてはそれほどメリットがない申し出だったがもちろん受け、彼女のそばに信頼できるフランツ夫人をつけた。

そんなことをしてもアリーセとの未来があるわけではないと分かっている。それでも彼女を放っておけなかった。

アロイスの意向を聞かない勝手な行動だが、問題はないだろう。彼もアリーセの身を案じているのだから。

「父上、アリーセなら大丈夫です」

「大丈夫なものか！　お前と違い襲われでもしたら身を守る術がないんだぞ」

「信頼できるものを彼女のそばに置いているので大丈夫です。国境には俺が行きます。辺境伯家の人間が自ら指揮を執らなくては兵たちも不安でしょう。バルテルが堕ちたらそれこそアリーセを助けられなくなる」

なんとかして国王との離縁が叶う方法はないのだろうか。

自分と再婚してほしいだなんて言うつもりはない。ただ彼女を自由にしてやりたい。町で楽しそうにしていた彼女の笑顔を取り戻したい。

「王家とインベルが利益を同じくしてバルテルを陥れようとしても、なんとしても生き延びましょう。もしもアリーセが王宮を出ることになったら、ここに帰ってこられるように」

「……そうだな。だがやはり兵は私が指揮を執る。お前は王都へ行け。そしていざとなったらアリーセをさらって戻ってこい」

「いきなりさらうのは無理だと言ったでしょう？　物理的に可能でもアリーセまでもが罪人になりかねない」

「む……それはだめだな。それならいざというときはお前に任せるが、間違ってもアリーセを見捨てるなよ？」

アロイスが釘を刺す。

「もちろんですよ。アリーセの強さを信じているので父上ほど慌ててはいませんが、誰よりも彼女を守りたいと思ってますから」

「え……ロウ、お前もしかして……」

アロイスの迫力ある顔が、驚きに変わる。なにを言いたいかは察したが、ローヴァインは答えずに椅子から立ち上がった。

「兵は父上に任せられそうなので、王都に戻ります」

「あ、待て……」

「急いでいるので失礼します」

ローヴァインはさっさと部屋を出て厩舎に向かう。休まずに王都に向かうつもりだ。

いつも同行している部下たちが慌てて後を追う。

アリーセなら大丈夫だとアロイスには豪語したが、向かうとなると気持ちが急く。

早く顔を見たい。

王都への道を、ロウは急ぎ駆け出した。

＊＊＊

# 波乱の夜会

王家主催の夜会当日。

私は朝から少し緊張していた。小説ではこの夜会について触れられていないからだ。つまりなにが起きるのか予想不能。

メラニーとレオナに着つけてもらった結構派手な赤のドレスを身にまとい、広間へ向かう。今夜もフランツ夫人が付き添ってくれているので心強い。

広間では優雅な音楽が流れ、大勢の貴族たちが近くの人と談笑している。

ベルヴァルト公爵家の人たちも来ているはずだけれど、一見して姿が見えなかった。到着が遅れているのだろうか。

私は王族用の広間が見渡せる高段の席に座り、フランツ夫人がその背後に立つ。

貴族たちの視線が集まっているのを感じたので、できるだけ堂々とした態度に見えるよう振る舞う。

しばらくするとランセルが来た。彼が王族専用の出入口から姿を見せると、騒めきが起きる。多くの注目を集めながら、私と同位の位置にある椅子に腰を下ろす。

その様子を眺めていたら、不意に彼がこちらを向き視線が重なった。

ぶすっとした顔。相変わらず感じが悪い。

ランセルは興味がないとでもいうように私から視線を逸らし、貴族たちに夜会の始まりを宣言した。そしてすぐ広間に降り、迷いない足取りで進んでいく。

その姿をなんとなく眺めていた私は、予想外の光景に目を見開いた。

彼がひとりの令嬢の前で立ち止まり、手を差し出したのだ。

声は聞こえないけれど、ダンスを申し込んでいるのはあきらかだった。周囲の貴族たちも驚きの表情を浮かべている。

相手の令嬢はおろおろした様子を見せながらも、強引に手を引かれ広間の中央に連れ出される。すると絶妙なタイミングでワルツが始まった。

「彼女は?」

私はこっそりと背後に控えるフランツ夫人に問いかける。

「子爵令嬢でマリア様ですわ」

「子爵令嬢? でもこの夜会は伯爵以上が招待されているのでしょう?」

「はい。ですから王太子殿下が特別に招待したのでしょう」

私は目を細め、踊るふたりを見た。

ランセルは大切そうに彼女の腰を抱いている。誰が見てもふたりがどんな関係なのかはあきらかだ。

「彼女はランセル殿下の想い人なのね」

つぶやくと、フランツ夫人も「おそらく」と私の考えを肯定した。

「驚いたわ。あの人にそんな相手がいたなんて」

お茶会に参加していた貴族夫人たちも、彼は女性に興味がないようだと言っていた。

でも待って。そうなるとユリアーネとの婚約の話はどういうことなの？

貴族夫人たちは疑いなく信じていたようだし、ユリアーネ自身も話があったと言っていた。浅はかなところがあると感じるユリアーネだけど、まったくなんの根拠もなく嘘を言うとは思えない。

ベルヴァルト公爵家に、確定ではないまでも婚約の話があったのは本当なんじゃないだろうか。

ということは、今のランセルの行動は彼の独断？

大丈夫なのかな。公爵とエルマが激怒すると思うけど。想像すると恐ろしい。

でもランセルが先日私に怒りを見せた理由はだいたい察した。本命の恋人がいるから、余計な噂を流さないでほしかったんだ。

つまりランセルとしては、ユリアーネを妃に迎える気などまるでなく、初めから子爵家のマリア様と婚約すると決めている。

なんだか意外……。アリーセを容赦なく断罪する冷酷な男のイメージだったのに。

相手が子爵令嬢という身分の低さでも選びたいというほどの情熱があったんだ。

そんなことを考えながらランセルたちから視線をはずした私は、偶然視界に入れた光景に体を固くした。貴族用の出入口に大層着飾ったユリアーネの姿があったのだ。

そのうしろには公爵とエルマ様の姿がある。彼らがランセルの状況に気づくのは時間の問題。これは絶対にもめそう。

ワルツの音楽が終わり、ユリアーネたちが広間の中央に移動し始めた。

彼女はなぜか私に向かい笑顔を向けたものの、一瞬にして顔を強張らせる。

「今の……なに？」

思わずつぶやくと、フランツ夫人が声を潜めて言う。

「王太子殿下を探しているのですわ」

なるほど。ランセルがいると思って笑顔を向けたのに、いたのは私だから怒ってしまったのね。

あの感情の起伏の激しさで、子爵令嬢の存在に気づいたらどうなるのだろう。

ランセルの様子を確認すると、驚くことに次の曲もふたりで踊ろうとしていた。

私は慌ててフランツ夫人に聞く。

「二曲続けて踊るのは夫婦か婚約者だけよね？」

「はい。ほかの者にマリア嬢を妃に選ぶと周知したいのでしょう」

やっぱり。

ユリアーネの方を見遣るとランセルを発見した様子で、その場で立ち止まっていた。

きっとショックを受けているのだろう。さすがにかわいそうだ。これはランセルがひどい。

好きな人がいるのは仕方がない。王太子だってひとりの人間なのだから。

でもこんなやり方はないんじゃない？

婚約を断ると伝えるのなら、どこか別の場所ですればいいのに。

公の場で恥をかかせるようなやり方をなぜするの？

不快感でいっぱいになりながら成り行きを見守っていると、突然広間が静まり返った。同時に貴族たちが道を空けるように壁際に下がる。

え？　何事？

皆が注目している方に目を向けた私は、驚きに息をのんだ。

王族専用の出入口に、いつの間にか男性が三人いた。

華やかな夜会にはふさわしくない飾り気のない黒衣は襟もとから足までを覆い、その人の体型を分かりづらくさせている。だけどあの人は……もしかして国王？

人々の注目を集めながら、国王らしき男性はランセルのもとへ向かっていく。

距離が遠くて声が聞こえないけれど、ランセルの様子からとても驚いているのが伝わってくるから、この状況は彼にとっても思いがけないことなのだろう。

国王はランセルと短い会話をすると、入場してきた扉から出ていってしまう。その間、私の方に目を向けることは一度もない。

ランセルがマリア嬢を連れて国王陛下を追うように広間を出ていくと、広間に騒めきが戻った。

皆が今の出来事に驚いている。突然の国王の登場に驚愕していた私も我に返り、椅子から立ち上がった。国王を追わなくちゃ！

「王妃様、今席を立つのはよくありません」

フランツ夫人に止められたけれど、国王の姿をようやく確認できたのだもの。今を逃したら次にいつ機会が訪れるのか分からない。

「できるだけ早く戻るからこの場はごまかしておいて」

ドレスの裾を翻し、急ぎ広間を出る。

国王は私室に戻ったのだろうか。ランセルも後を追っていたようだけど……。

とりあえず国王の私室に向かう。

大がかりな夜会を行っているためか、王宮内に人気はなく寒々しい。

国王の私室につながる廊下には、先日道を塞いでいた護衛の兵士はいなかった。

初めて通る廊下を進むと突きあたりに両開きの扉があった。

ここが国王の部屋……。緊張感が襲ってきてごくりと息をのむ。

それでもためらわずに扉を叩いた。

ノックの音が静かな廊下に響く。部屋の中でも大きく聞こえているはず。

けれどしばらく待ってもなんの反応もない。

無視されてる？

私は眉をひそめながら、もう一度扉を叩き、それから意を決して許可がないまま扉を開いた。

どうしても国王に会いたかった。会えれば今の状況に変化が訪れると思ったから。

きっといい方向に進むと信じていた。

だけど扉の向こうには予想もしていなかった現実が待っていた。

広い居間の中央、高価な絨毯の上に国王がうつ伏せに倒れ伏していたのだ。

嘘、どうして？　広間で見たときは具合が悪そうには見えなかったのに。

しっかりと自分の足で歩いていたし、足取りも頼りないものではなかった。

その証拠に、私は急ぎ足だったけど追いつけなかった。急に具合が悪くなったの？

慌てて倒れたままの国王に駆け寄る。

「大丈夫ですか？」

初対面なのを気にしている余裕などなく、毛足の長い絨毯にひざまずき様子を確かめる。

「聞こえますか？」

声を大きくしながらそっと肩に触れ揺らしてみる。だけどまったく反応がない。

まさか……。

心臓がドクドク打つ音が頭に響くようだった。

そんなわけがない。だってさっきまで普通に歩いていたじゃない。

震える手を国王陛下の口もとに持っていく。

「え……息してない？」

一気に血の気が引いた。そんなまさか……。

混乱しながらも、フラフラと立ち上がる。

とにかくこのままにはしておけない。早く医師を呼ばなくては。

助けを求め部屋を出ようとしたそのとき、突然扉が開き私はびくりとその場で立ち尽くした。

「え？　王妃殿？」

「……ランセル殿下？」

自ら扉を開いた彼は、私の存在に戸惑っている様子だった。

「なぜあなたがここにいる？　国王陛下は……」

ランセルは言葉の途中に室内の異変に気がついた。

床に倒れる国王を視界に収めると、低い呻き声とともに駆け寄る。

「国王陛下！　どうなさいました？」

彼は私とは違い軽々と国王陛下の体を助け起こし、同時に悲痛な叫びをあげた。

「まさか！　誰か来てくれ！」

直後、扉が開き近衛の制服を着た騎士が入ってきて、ランセルの前で立ち止まる。

腕の中の国王陛下に驚きを見せながらも、口を閉ざしたままランセル殿下の指示を待っている。

「医師を呼べ。それからお前の部下を何人か集めろ」

「かしこまりました」

騎士は指示に従い、すばやく部屋を出ていく。

ランセルは国王陛下の体を抱き上げ、ベッドに横たえた。

その様子を見守っていた私は、恐る恐る声をかけた。

「ランセル殿下……国王陛下は……」

私の声にランセル殿下が振り向く。その眼差しは険しく、私に対する不信感にあふれていた。

「そこから動くな」

「え？」

あまりにも威圧的な声音だった。

お茶会の件で文句を言いにきたときは、私への苛立ちを表しながらも最低限の礼儀はあった。けれど今はまるで罪人のような扱いだ。

黙る私に、ランセルが言う。

「陛下になにをした？」

私は大きく目を見開いた。まさか、私が国王に害をなしたと思っているの？

「私はなにもしていないわ！」

慌てて否定するも、ランセルの目から疑いが消えることはない。

「ならばなぜ陛下は倒れた？」

「分からない。私がここに来たときはすでに床に倒れていて……」

「嘘をつくな！　陛下が広間を出てから間もない。あなた以外に誰がいるというのだ？」

たしかに私は国王が広間を出てすぐ後を追った。その間、誰ともすれ違っていない。私が部屋に到着するまでに、ほかの誰かが危害を加えた可能性はとても少ない。

「でも……誰かが危害を加えたのではなく、病気で倒れたとか……もとから体調が優れなかったかもしれないのだし」

「広間では、私を叱責するほどお元気だった。急に倒れるなど考えられない」

ランセルは分かってくれない。どうしよう、これはかなりまずい状況だ。

なんとか形勢を変える言葉を探していると、慌ただしい足音が近づいてきた。

「入れ！」

ノックの音がする前にランセルが声をかける。扉が開き、医師と思われる初老の男性と先ほどの騎士、その部下が入室した。

「すぐに診てくれ」

ランセル殿下の言葉に従い、医師は真っすぐベッドに向かっていく。

「王妃を部屋に連れていき、見張っていろ」

続いてランセル殿下が私を睨みながら宣言する。同時に騎士たちが私を囲む。

「ま、待って！　見張っていろって？」

「あなたが陛下に危害を加えた可能性がある。調べが終わるまでおとなしくしていてもらう」

「私はなにもしていません！」

反論したけれど、ランセルは聞く耳を持たない。

騎士たちは強引に取り押さえたりはしないものの、距離を縮め退室を促してくる。

納得がいかないし、言いたいことはたくさんあったけれど、抵抗できる雰囲気ではない。

ランセルの憎しみの視線を受けながら国王陛下の私室を追い出された私は、騎士たちに連れられて自分の部屋に戻った。

静まり返った部屋で大きく息を吐いた。メラニーもレオナも姿が見えない。

予想もしていなかった事態に、なかなか動揺が収まらない。

国王が倒れ、私がその原因だとされるなんて。

いったいどうしてこんなことになったのだろう。それにこれからどうなるの？

とにかく落ち着いて考えなくては。

居間の中央のソファに腰を落とす。分からないことだらけだ。

国王は予告もなく広間に突然やって来て、そこでランセルになにか言うと、すぐにもと来た出入口から去っていった。

あのとき、なにを話していたのだろう。

叱責って言っていたから、ランセルのしでかしたなにかを注意しにきた？

そういえばランセルは子爵令嬢マリアを連れてすぐに国王の後を追っていったけど、彼女はどうしたんだろう。どこかに送っていったにしても時間が短すぎる。ランセルが国王の部屋に到着したのは、私のすぐ後だもの。

国王の部屋に行く途中、私は誰ともすれ違わなかった。時間的にも忍び込んでなにかできるとは思えない。

かといってあんなに急に具合が悪くなるものなの？

国王は息をしていなかったけど、医師がなんとか蘇生させるのかな。

そこまで考えてはっとした。

もし回復しなかったら?

国王が亡くなる時期はまだ先のはずだけど、時系列はかなり変化している。

考えてみれば、今私が部屋に閉じ込められているこの状況は、アリーセが断罪される前の様子によく似ている。小説では国王が亡くなった直後、ランセルの手によって軟禁されるのだから。

時期も状況もまるで違うけれど、今私の身に起きていることはアリーセの最期と重なっている。まさか……私はこのまま断罪されるの?

思わずソファから立ち上がり、扉に駆け寄った。

扉を開くとその先には数名の騎士がおり、私の行く手を遮った。

「王妃様、部屋にお戻りください」

剣を突きつけられはしないものの、彼らの敵意のようなものを感じて血の気が引いていく。

この場面を読んだ。この後、部屋に戻ったアリーセはショックで倒れてしまうんだよね。

扉を閉じ、フラフラと歩きソファに向かう。

どうしよう。もし本当にこれが断罪の前触れなら、この部屋を出られるのは裁きの日になる。そして、問答無用に王宮から追放されてどこか遠くで殺される。最悪の事態を回避するために行動してきたのに、回避どころか最短距離で進んだようなこの状況はなに？

しばらく頭を抱えていたけれど、こうしてはいられないと衣装部屋に向かった。とにかく逃げなくちゃ。

豪華なドレスを脱ぎ捨て、一番動きやすそうなダークブルーのドレスを身につけた。髪の毛はなるべく目立たないようにきっちりとまとめる。ロウみたいに染められたらいいけど、今はその方法も時間もないから仕方がない。それからいくらかの現金と宝石を鞄に詰めた。

あっと言う間に用意をしたけれど、ふと正気に戻った。

ここからなんとか脱出できたとしても、その後どうするの？

私は国王暗殺未遂の疑いをかけられているのだから、逃げたとばれたら、ものすごい数の追っ手が来るんじゃない？

浪費の罪でも追放のち暗殺なのだ。それより上の罪とされる今、もっとひどい罰が待っていると考えるべき。

そんな重罪人をランセルが見逃すとは思えない。しつこく探し続けると思う。

いつまでも隠れ続けるなんて無理だろう。体力的にも精神的にも耐えられない。

だめだ。逃げ出してもなにも解決しない。

となると私が生き残る道はひとつだけ。国王を襲った真犯人を見つけ出して、疑いを晴らす。

だけど、どうやって？

軟禁状態では調査もできない。そもそもランセルがそんな時間を与えてくれるものなのかな。

悩んでいると、扉の向こうから騒々しい足音が聞こえてきた。

衣裳部屋から居間に戻るのと同時にバンと乱暴に扉が開き、恐ろしい顔をしたランセルが無遠慮に部屋に入ってきた。

その態度から、私への最低限の礼儀すらも捨てたのだと分かる。

「その格好はなんだ？」

着替えをしたのが気にくわないのか、ランセルの眉間のシワがますます深くなる。

「夜会に戻ることはないだろうと判断して着替えたんですが」

答えながら状況を確認する。

部屋に入ってきたのはランセルひとりだけ。しかし開け放たれた扉の向こうに数人の騎士がいる。恐らくランセルの部下だ。体が大きく筋骨隆々。あの人たちを撒いて逃げるのは絶対無理だ。となるとやっぱり交渉するしかない。

深呼吸して覚悟を決める。

「国王陛下の容体はいかがですか？」

「一命は取り留めたが、意識が戻らない」

ランセルはあからさまに不快そうにしながら答える。

「原因はなんだったのですか？　医師はなんと言ってますか？」

今度は我慢がならなかったのか、ランセルは声を荒らげた。

「しらじらしいことを言うな！　貴様がやったのだろう！」

今にも牢屋に放り込まれそうな剣幕で責められ、内心かなり焦っているけど、落ち着けと自分に言い聞かせる。

「ランセル殿下、お座りになりませんか？　落ち着いて話しましょう」

「罪人と話し合うつもりはない」

「それは誤解だと言いました。それに疑いがかかっていたとしても私が王妃であるのに変わりはありません」

ランセルは嫌悪感を隠さずに私を睨んでいたけれど、しぶしぶと言った様子でソファに腰を下ろした。

私が今のところはまだ王妃位にあると認めたのだろう。

少しは落ち着いてくれたようで、ほっとしながら交渉を始める。

「もう一度言いますが、私はなにもしていません。私が部屋に着いたときには、すでに国王陛下は倒れていたんです」

「そんな言い訳を信じると思うのか？」

「では逆に私がやったという明確な証拠はあるんですか？　部屋に居合わせただけでは状況証拠にしかなりませんが」

ランセルは思いきり眉をひそめる。そこでふとあることに気がついた。

「考えてみればランセル殿下の犯行も可能ですよね。私より先に広間を出ているのですから。国王陛下を襲ってすぐに部屋を出て隠れる時間はあったはずですよ」

「ばかを言うな！」

ランセルは目を見張った後、声を荒らげる。

まさか自分が容疑をかけられるなんて思いもしなかったのだろう。

「私を疑うならランセル殿下も疑われてもおかしくないと言ってるんです。だって誰よりも先に国王陛下を追い、広間を出たのですから。それは多くの貴族が見ています。もちろん私の実家ベルヴァルト公爵家の皆も」

ほんの少し前までパニックになっていたわりにスラスラ言葉が出てきて、自分でも意外だった。

「俺を脅しているつもりか？」

「まさか。ただ公平に話してほしいだけです。もう一度質問します。国王陛下が倒れた原因は？」

「……首をしめられ息ができなくなったと思われる」

「首をしめられた？」

やっぱり病気じゃなかったんだ。でも……。

「それで私が犯人なんておかしくないですか？　仮に私が襲ったとしても、撃退されるでしょう」

詳しくは知らないけど、国王なら護身術の心得くらいはありそうだもの。

むしろランセルが犯人である確率が上がってくる。

そういえば、国王に叱責されたとか言ってたよね。もめる動機も十分じゃない。

「ランセル殿下は国王陛下ともめていたのですか？」

「なにが言いたい?」

「先ほど叱責されたとおっしゃっていたので、けんかになったのかと。それから、マリアさんはどうしたんですか?」

恋人の名前を出したからか、ランセルがわずかに肩を揺らした。

マリアさんはランセルにとって弱点に間違いないようだ。

「マリアを夜会に連れ出したことを指摘された。だが彼女に非はない。広場から連れ出したのは、ひとりで残すわけにはいかないからだ」

国王はランセルとマリアさんの関係を認めてなかったということ? 彼女の身分のせいだろうか。だけどこれで少し見えてきた。

たぶんランセルはマリアさんを正妻にしたくて、根回しをしていたのだろう。これまで寄ってくる令嬢に見向きもしなかったのはそのせい。

お茶会でユリアーネとの婚約話をしたと激怒したのも、それまでの根回しも虚しく外堀を埋められていくようでイライラしたのかもしれない。

そんなこともあり、今夜の夜会にマリアさんを連れてきてダンスを踊った。かなり強引な行動だけれど、それしか周りを黙らせる方法がなかった?

「国王陛下はマリアさんを王太子妃にするのに反対なんですね」

「父上だけでなく宰相を始めほぼすべての重臣がだ。マリアは愛妾にして、高位貴族の令嬢を正妻に迎えろと言っている。そんな中選ばれたのがベルヴァルト公爵家のユリアーネ嬢だ」

ランセルは不快そうにユリアーネの名前を口にした。

別にユリアーネ自身を嫌っているのではないかもしれないけれど、結婚反対勢力の代表のように感じているのだろうな。

「だいたいの経緯は分かった気がします。だけど今日の態度はよくなかったと思います。国王陛下が怒るのも当然です」

「俺には妃を選ぶ自由もないと言いたいのか？」

「そうは言っていません。でもあまりに自分たちの気持ちしか考えていないと思います。ユリアーネと婚約したくないのは結構ですが、それならできないとベルヴァルト公爵家に行って言えばよかったんですよ。あんな大勢の人の前で……。ユリアーネは自尊心が傷ついたと思います」

ランセルの顔色がわずかだけれど変わった。少しは罪悪感があるのかな。

「ユリアーネ嬢に恥をかかせる気はなかった。ただマリアを妻にすると宣言したかっただけだ」

「私よりもランセル殿下の方が国王陛下を襲う動機があるように見えます」

考えれば考えるほど、ランセルの方が犯人っぽく感じる。

彼も自覚し始めたのか、顔色が悪い。

「なんと言われても俺は潔白だ」

言葉は強いけれど、先ほどまでの怒りはすっかり萎えているみたい。もうひと押しのような感触を得た私は、重ねて訴えた。

「私も潔白です。だから真犯人を捜しませんか?」

「真犯人?」

「私もランセル殿下もなにもしていない。でも国王陛下が襲われたのは確かなのだから、犯人がいるはずじゃないですか。その人物を特定すれば私たちの疑いは晴れます」

ランセルは私の提案を検討しているのか、眉間にシワを寄せる。

「……どうやって探すんだ?」

「それはこれから考えますが、探している間はお互いを陥れずに協力しましょう」

虚勢を張り対等に話しているけど、実際は王妃よりもランセルの権力が上だ。城の兵士たちもランセルに従う。ここで彼の協力を取りつければ、すごく動きやすくなるはず。逆に交渉決裂したら私はかなりピンチになる。

　ドキドキしながら答えを待っていると、彼はあきらめたようにうなずいた。

「いいだろう。あなたを捕らえればベルヴァルト公爵家との関係がさらに悪化する。今はこれ以上余計なもめ事を起こしたくないからな。だが期間を設ける。ひと月だ」

　一か月。かなり短い。でも、これ以上は譲歩しないだろう。

「分かりました。交渉成立ですね。では私の部屋の前の兵士は解散させてください」

「ああ」

　そう言いつつもランセルは不本意そうだ。嫌いな私と協力し合うなんて嫌で仕方ないんだろう。そんなところに悪いとは思うけど、もうひとつお願いがあった。

「ランセル殿下にお願いがあります」

「なんだ?」

　まだなにも言ってないのにすごく嫌そう。

「国王陛下が倒れた今、ランセル殿下がすべての公務を代行しますよね。インベルの対応について、もう一度ローヴァインと話してもらえませんか?」

「インベル?　あれはもう解決しただろう」

「どう解決したんですか?」

「王家でも調査したが、インベルが攻めてくる気配はない。バルテル側の勘違いだから放っておいていい」

勘違い？　そんなわけない。ロウは真剣だったもの。確証がなければわざわざ王家に直談判になんてしないはずだ。

「その調査はどなたが？」

「エンデ宰相だ」

また宰相……。影が薄いわりにあらゆる話に登場する。

「もう一度確認してほしいです。それが無理でもローヴァインの話を聞いてください」

ランセルは大きなため息をついた。

「そんな暇はない。気に留めなくてはならない案件は山ほどあるんだ。仮にインベルとバルテルの間で小競り合いがあっても、バルテル単独でなんとでもなるだろう」

小競り合いなんかじゃないから困っているのに。

ただ、ランセルはバルテルを切り捨てるつもりはないみたい。

なんとかランセルの気持ちを動かす方法……そうだ！

「もし、バルテルについて動いてくださるのなら、私はマリアさんを妻にするのに賛成しますよ」

ランセルは驚いたように目を見張る。

これまで孤立無援状態でマリアさんを娶ろうとしていたのだ。名ばかりの王妃とはいえ、味方ができるのは助かるはず。

「その発言に嘘はないな」

「もちろん」

「分かった、ローヴァインに会おう。彼は王都にいるのか？」

「ええと……確認してみます」

一度バルテルに行くと言っていたけど、その後どうなったのだろう。

ランセルと直接対話する機会を得たと言ったら喜ぶだろうな。王家の考えを知るには、自分が見聞きするのが一番だもの。

その後の対応はロウに任せればいい。これで進展しそうだ。

後はなんとか真犯人を見つけて身の潔白の証明をし、できれば離縁に持ち込む。

国王陛下に直接お願いする作戦は失敗したけど、マリアさんの件でランセルに恩を売れれば離縁に関して協力を得られるかも。

動きだした状況に、気持ちが高ぶった。

# 犯人捜し

「大変な日に遭いましたわね」

翌日、フランツ夫人にランセルとのやり取りを話すと、大層驚かれた。

「ほんと、考えなしに国王陛下を追ったのが悪いんだろうけど、あのときはそこまで考えられなくて」

ほぼ条件反射のようなものだ。

ランセルがうまく隠しているようで、昨夜の出来事は公になっていないようだ。

もともと国王が引きこもっているから、部屋で寝たきりでも誰も怪しまない。

「王妃様の気持ちは理解できますわ。国王陛下とひと言も話せなかったのですよね？」

「ええ。でも顔は見られたの……想像と全然違っていて驚いた」

貫禄にあふれ近寄りがたいオーラを放っているイメージを持っていたけれど、意識を失って倒れている姿はどこにでもいるような五十歳の男性に見えた。

ランセルとはまったく似ておらず、言われなければ親子と気づかないほどだった。

「王妃様は国王陛下の絵姿をご覧になったことがないのですか？」

フランツ夫人が怪訝そうに言う。

「あ、そうなの。見る機会がなくて」

ごまかしたけれど苦しい。

国王の肖像画は出回っているのに、公爵家の令嬢が国王の絵姿を見た経験がないなんて普通ならありえない。

けれどフランツ夫人はアリーセの家庭環境のせいと納得したようだ。

「ランセル殿下を説得できたのはよかったですが、ひと月以内に真犯人を見つけるのは難しいですわね」

「私の後に広間を出た人が分かればいいのだけど」

そんなの確認している人はいないよね。とにかくたくさんの人がいたし。

「王妃様の後に出た者はいませんわ」

「え？　どうして分かるの？」

「私の立ち位置からは広間全体を見渡せましたから」

驚いた。見渡せたからといってすべてチェックしているなんて、有能すぎ。

「あ、ありがとう。すごく助かるわ」

「ですがそれで犯人を捜すのは困難ですわ。外部からでも城の警備の隙をついて侵入する能力がある者なら可能なのですから」

「あ、そうか……。だったら動機の方から考えていった方がいいのかな」

でもそうやって捜査するのも簡単じゃない。警察で働いていたとか経験があればよかったかもしれないけど、ただの営業職だもの。クレーム耐性とちょっと口が回るくらいで特殊技能なんてないし。

がっかりしているのを察したのか、フランツ夫人が励ますように声をかけてくれる。

「ローヴァイン様に相談しましょう。近いうちにランセル殿下に目通りを願うはずですから」

フランツ夫人は早々に城下町食堂で待機中のガーランドさんに使いを出している。すぐにロウに知らせが行くだろう。

ロウは二日後にカレンベルク王宮にやって来た。

ランセル殿下に会い話し合いをした後、私を訪ねてくれた。

フランツ夫人を伴いいつもの応接間に行くと、今日もガーランドさんがお供についていた。

「久しぶり」

それほど長い間会っていないわけじゃないのに、すごく懐かしく感じた。

ロウの笑顔も態度も変わりはない。少し日焼けをしたようだ。

「ありがとうな。ランセル王太子と話をつけてくれて」

うれしそうなところを見ると、ランセルとの話し合いはいい結果になったのかな。

ランセルは渋々といった様子だったし頑固なので心配だったけど。

「それで、どうなったの？」

「ランセル王太子はバルテルの件にほとんど関与していなかったみたいで、現状を話したらかなり驚いていた」

「私がバルテルの件を話したときも、国王陛下が対応しているって言ってた」

ただ私にはなにも知らないなんて言わなかったけどね。

「バルテルへの回答は国王陛下と宰相が決断したそうだが、今後はランセル王太子自らが指示を出すことになる。まずは王家からインベルへ使者を送り真意を確かめることになった」

「そうなんだ。よかった。心配だったけどうまく解決しそうだね」

ロウは王家がバルテルを切り捨てると考えていたみたいだけど、杞憂だったんだ。

私までほっとする。バルテルを知っているわけじゃないけど、ロウの故郷でお米のおいしいというその地にはとても親近感があるから。

「ただ、国王陛下と宰相がバルテルに関わらないと決断したのは確かだから、油断はできない」

ロウは顔を曇らせる。

「……ねえ、国王陛下の件、ランセル殿下はなんて言ってたの？」

「病が悪化したためしばらく休養すると」

ランセルは夜会の後の出来事を、話していないんだ。

私は声を潜めて、一連の出来事を説明した。

ときどき足りない部分があればフランツ夫人が補足してくれて、不足なくロウに伝えられたと思う。

彼は大層驚いた後、がっくりとうなだれた。

「ひと月って……どうするんだよ」

「短いのは分かってるけど、引き延ばすのは無理な雰囲気だったから」

ランセルは今にも私を投獄しそうな剣幕だったし。

「だからって……手がかりはあるのか？」

「それはフランツ夫人といろいろ考えたんだけどね……」

ふたりでまとめた考えを伝える。

犯人は夜会の招待客以外。ごく短い間の犯行で物的証拠も残していないから、プロの犯罪者だろう。国王に仕えていた従僕などはランセルが取り調べをしたけれど、怪しい点はない。

「……つまりなにも絞れてないってわけだな」

「そうとも言うかな？」

しーんとしてしまったところ、フランツ夫人が私の代わりに発言してくれた。

「時間がないためローヴァイン様にも協力いただければと」

「それは当然だけど、ひと月じゃ厳しい。もし間に合わなかったらどうするんだ！」

ロウは私より悲観的になっている。

バルテルが切り捨てられるかもって話したときより焦っているみたい。

「まあ、なんとかなるでしょ」

ロウの目が険しくなる。

「楽観的すぎるぞ！　王妃だからってなにをしても安泰なわけじゃない、いつ足もとをすくわれるか分からないんだぞ」

「それはよく分かっているよ」

アリーセの最期はよく知っているからね。

「分かってないだろ？」

「分かってる。王妃の地位を剥奪、追放されることだってあるって」

それを避けるためにがんばっているのだから。

ロウが目を見開いた。

「リセはとっくに覚悟をしているんだな」

「え……」

それはちょっと違うような。断罪される覚悟は全然できてないもの。

でもロウは誤解したようで、私よりよっぽど決意をこめた顔つきになった。

「分かった。もう文句は言わない。最善を尽くしてがんばろう」

「あ、ありがとう……心強いよ」

「父上もリセを心配していた」

「そうなの？」

物語に辺境伯は出てこないから、なじみが薄い相手なのだと思っていたけど。

「困っていたら助けになりたいとも言ってた。問題が片づいたらバルテルに来たらい
い、父上も喜ぶ」

「うん、ありがとう。楽しみにしてる」

ロウは私をバルテルに連れていくって約束を忘れていなかったんだ。うれしい。

私がアリーセとは違う結末を無事迎えられたら、絶対にバルテルに行こう。

そこで家を借りて仕事をして、ガーランドさんに教わったバルテル料理を作って暮らすの。

想像するだけで楽しそう。現実の厳しさをわずかの間だけど忘れられた。

その後、ロウとざっくりだけど今後の打ち合わせをした。

彼はしばらく王都に滞在するという。

ランセルとも今後打ち合わせをする約束をしたので、故郷の辺境伯と連絡を取りながらインベルの件に対応していくそうだ。

その間に私に協力して、国王陛下を襲った真犯人捜しもする。

「リセは派手な行動は慎めよ」

「無茶はしないよ。でも私は別ルートで犯人探しをするから」

ただでさえ時間がないのに、部屋でおとなしくなんてしていられない。

だけどロウは釘を刺してきた。

「だめだ。嫌な予感がする。俺の勘は結構あたるから言うことを聞いてくれ」

ロウは真剣そのもので、それ以上反抗できなくなる。

「分かった。無理はしない」

「よし。なにか掴んだらすぐに連絡する。フランツ夫人、リセをよろしく頼む」

「お任せください」

フランツ夫人の答えに満足したように微笑むと、ロウは応接間を後にした。

ロウはすぐに動き始めた。まずは動機から国王を襲った犯人を捜すという方針だそうだ。

私は今のところは部屋でおとなしくしているけれど、今回の件についてもう一度考えてみることにした。

真犯人の正体は国王がいなくなって得する者……。となるとランセルだよね？

彼は次の国王になる。国一番の権力を手にいれたら邪魔されずにマリアさんを妻に迎えられるだろうし。

しかも彼のアリバイはあやふやだ。マリアさんと一緒だったと言っていたけれどそれは自己申告で、ほかに見た人はいないのだもの。

やっぱりランセルが一番怪しくない？　王太子じゃなかったら真っ先に容疑をかけ

られて今頃投獄されていそう。

逆に私は動機が薄い。国王がいなくなったら王妃の地位を失うのだから。子供を産んでいない私の立場はとても悪いものになると予想できるし。

冷静に見たら絶対にランセルが容疑者。

でも本人は違うって言うし、嘘をついているようには見えなかった。

だったら彼の次に得をするのは誰だろう。

ランセルに兄弟がいれば、疑わしいんだけど……あれ？

少し離れた場所の机でなにか書き物をしているフランツ夫人に目をやる。

視線を感じたのか、彼女は羽ペンを動かす手を止めこちらを向いた。

「王妃様、どうかなさいましたか？」

「あの、少し教えてほしいことがあって。その作業が終わってからでいいのだけど」

「もう終わるところです」

言葉通りフランツ夫人はペンを置き、椅子から立ち上がり私の座るソファの前にやって来た。

念のため周囲を確認する。

メラニーは衣装部屋でドレスの整理をしていて不在。レオナは休日でいない。

問題なしと私は口を開いた。

「国王陛下の子がランセル殿下だけなのは、なにか事情があるの？」

「事情と言いますと？」

「珍しいなと思って。身分の高い男性には愛妾がいる場合が多いでしょう？」

公爵も若いうちからエルマを囲っていたし。

フランツ夫人は私の質問に納得したようだった。

「先代王妃様を娶る前になりますが、いっとき愛妾がいたそうです。ただ病で早くに亡くなったそうで、それ以降愛妾は存在しません」

「結婚する前なら本当に短い間しか愛妾がいなかったのね。子供ができなくても不思議はないか」

「いえ、それがそうとも言いきれないのです」

フランツ夫人の声が小さくなる。

「どういう意味？」

私も声を潜めて聞き返す。

「実は男児が生まれていたという話があるのです」

「本当に？　その子は今どうしているの？」

「不明です。そもそも子供がいたという話の信憑性も高くありません。ですが、まったくなにもないのに噂は立ちませんよね？　当時国王陛下は前代王妃様との結婚が決まっていたため、生まれた子は王子と認められなかった可能性もあるのです」

前代王妃に遠慮して、ひっそり産ませたってわけ？

本当なら今頃どうしているのだろう。

どこかの貴族に養子に出されたとか？　でも兄弟であるランセルに似ている男性なんて見かけなかったな。

もしその隠し子が生きていて自分が国王に捨てられたと知ったら、怒って襲いにくる可能性はゼロではないと思うんだけどな。

うーんと考え込んでいると、フランツ夫人に見抜かれたのか釘を刺されてしまった。

「隠された子供について調べようとしているのなら、あきらめてください。手がかりはなにもないのです。本当に存在していたのだとしても、国王陛下がお隠しになったのです。私たちに見つけられるわけはありません」

それだけ厳重に隠したってこと？

国最高の権力者が全力で秘密にしようとしたら、太刀打ちできないのは当然か。

でも見つけられないのなら、また振り出しに戻り怪しい人を探さなくてはならない。

がっかりしていると、背後からガタンとなにかがぶつかる音がした。

びくりとして振り返るとそこにはいないと思っていたメラニーがいて、困惑した様子で視線を彷徨わせていた。

もしかして、今の話を聞かれていた？

「メラニー、どうしたの？」

「い、いえ。お茶でもお持ちしようかと……」

メラニーは落ち着きなく視線を彷徨わせている。

この態度……やっぱり話を聞かれたのかも。

国王の隠し子の件なんて話していたから驚いちゃったのかな？

どうしようと悩んでいると、フランツ夫人がとても落ち着いた声音で言った。

「ちょうど、王妃様がお茶をご所望でしたの。お願いできますか」

「か、かしこまりました」

メラニーはぎぎっと音がしそうなほど不自然な動きで部屋を出ていく。

扉が閉まると私はフランツ夫人に問いかけた。

「メラニーの様子、どこかおかしくなかった？」

「はい。王妃様のおっしゃる通り、メラニーさんはあきらかに動揺していました。おそらく私たちの会話を聞いていたのでしょう」

　私は眉をひそめた。フランツ夫人の言い方ではメラニーが盗み聞きしていたように感じるから。

「間違いないと思います。彼女は衣装部屋にいたはずなのに、いつの間にかこの部屋に来ていた。音も立てずに衣装部屋を出たのは私たちの様子をうかがうためです」

「メラニーはそんな人じゃないと思うけど。気さくで優しくていい子だもの」

「いい方なのは分かります。ですが彼女は貴族です。王妃様以外に仕える者がいてもおかしくありません」

　つまり、メラニーは本当の主人の命令で私の侍女になった可能性がある？

　ショックだった。今まで少しも彼女を疑っていなかったから。

　結構仲よくできていると思っていたのに。でもフランツ夫人の言葉を無視はできない。彼女の発言はいつも正確だったから。ロウだって信頼しているし。

「……もしメラニーになにか秘密があるのだとして、それを問いたださなくてよかったの？」

「あえて見逃しました。もし彼女が誰かの命令で王妃様に仕えているのだとしたら、今の会話をその相手に伝えるでしょう。後日王妃様にその件で探りを入れてくる者がいたら……」

「その人がメラニーの主人ってわけね」

気持ちが重くなった。身近なメラニーが信用ならない人かもしれないだなんて。

無言の間がしばらく続き、しばらくするとお茶のセットと茶菓子をのせたワゴンを押してメラニーが戻ってきた。

「お待たせいたしました」

さっきと比べて落ち着きを取り戻したみたいだ。

にこりと人好きのする笑顔を見せながら配膳するメラニーを見て思った。

私たちの考えすぎだったらいいのにって。

だが私の期待はあっさりと破られた。

ランセルが嫌悪感丸出しで私の部屋に乗り込んできたのだ。

「父上に隠し子がいないか調べているそうだな！」

ランセルに怒鳴られたことで、メラニーが彼の配下だった事実が判明した。

ずきりと胸が痛み、すぐに言葉が出てこない。

自分で思っていたよりずっとメラニーに好感を持っていたようだ。

だけど感傷に浸る間もなく、ランセルに追及される。

「聞いているのか？　どういうつもりだ」

彼に弱みを見せればつけ込まれる。私は息を吐き、気持ちを切り替えた。

「もちろん聞いています。真犯人を探すために必要な事実確認でした。国王陛下にほかに子供がいれば、その方にも動機がありますから」

ランセルはいつものように、眉間に深い溝を刻んだ。

「ありえない。父上には私以外に子はいない」

「そうだとしても私は知りませんでしたから」

ランセルは不満そうにしながらも口を閉ざす。

「犯人探しの時間はひと月しかありません。急いで真犯人を見つけたいので、動機を考えてみました。考えれば考えるほど、ランセル殿下が怪しく思えます、財産も地位もすべて受け取れるのですから」

「私が犯人だなど……あなたはまだそんなふうに思っているのか」

心外だとでも言うように私を睨む。美形なのが相まってすごみがある。

けれど私は怯まずに言い返す。

「決めつけているつもりはありませんが、ほかに国王陛下がいなくなって得をする人間がいません」

「一番怪しいのはひとりで部屋にいたあなただろう！」

「でも私は国王陛下がいなくなれば王妃の位を失うんですよ。動機がありませんよね」

ずばり言うとランセルは言葉に詰まった。その辺は彼も分かっているのだろう。

私を地位と財産目あてのひどい女だと思い込んでいるのだから。

「……もういい。とにかく国王陛下の子は私ひとりだ。これ以上余計な詮索はするな」

ランセルは脅迫するように言い捨てると部屋を出ていく。

私はほっとしてソファにどさりと座り込んだ。

怒りをぶつけられるのは仕事のクレーム対応などで慣れているからたいしてこたえないけど、やっぱり疲れる。それに……。

メラニーとレオナが入室してきたのを見て、私は大きなため息をついた。

レオナには部屋を出てもらい、メラニーとふたりで話を始めた。

「メラニーはランセル殿下の命令を受けていたのね」

そう言うとメラニーの肩がびくりと震える。

「も、申し訳ありません。王妃様が王宮に来る前に王太子殿下から指示されました」

「私の言動をすべて報告するようにって？　お茶会での話題を知らせていたのもメラニーなの？」

ランセルはユリアーネの婚約話が出たと知り怒っていた。あのとき、なぜお茶会での話題をすぐに知ったのか不思議だったけれど、メラニーが漏らしていたんだろうな。

予想通り彼女は小さくうなずいた。

前評判が悪い私にも親切で、いつも綺麗なドレスを用意してくれたメラニーが。

「王妃様、本当に申し訳ございません」

メラニーは身を縮ませるように謝罪する。

悪い子ではないんだよね。私を陥れたりするつもりはなかったように思う。ただランセルが主人だから従わなくてはならなかっただけだ。貴族にはしがらみがあるし、きっと家の事情とかかな。でも罪悪感はあったんだろうな。

裏切られたはずなのに嫌いにはなれない。でも、このまま近くにいてもらうのも今は危険。

「もう謝らなくていいわ。でもしばらくは私の身の回りの世話はレオナに担当してもらうから。メラニーはほかの仕事をしていて」

メラニーは顔が青ざめたけれどおとなしく受け入れた。

メラニーは衣装部屋の管理や、宰相など外部とのやり取りを担当することになり、私のそばには来なくなった。

その分レオナの負担が大きくなったけれど、私の世話は基本的に少ないのでなんとかなっているようだった。

突然の配置換えに驚いたはずなのに、レオナはなにも聞いてこない。空気を読んでいるのか、はたまたメラニーから聞いているのかは不明だけれど。

念のためフランツ夫人以外には重要な話を聞かれないよう気を使っていた。

そんなある日、私室の居間に初めてのお客様を迎えた。

ランセルの想い人、マリアさん。

小柄で華奢。ふわふわした金の巻き髪と、温かな茶色の瞳のかわいらしい人だ。

ただあまり社交に慣れていないのか、とても緊張した様子で、出迎えた私に対してがばっと腰を折って挨拶をする。

「王妃様、お目にかかれて光栄でございます。アラベラ子爵の娘、マリアと申します」

ドレスを掴む手が震えているのが見えた。慣れていないだけでなくかなり気が小さいみたい。なんだか……小説で読んだアリーセの印象に近い気がする。

本当は平凡で気が弱く平和主義。それなのに環境のせいで目立ってしまい批判される立場。

マリアさんが萎縮しているのは、ランセルの相手として嫉妬されたり、悪く言われたりするせいもあるんだろうな。

なんだか気の毒になって、私にしては優しい声が自然と出てきた。

「マリアさん、今日は来てくれてありがとう。ランセル殿下からお話を聞いて以来、会いたいと思っていたんです」

「そ、そんな、もったいないお言葉です」

ランセルがいたら『こんな奴に頭を下げる必要はない！』とか言って怒りそう。

眉間に深いシワを寄せながら睨む顔が頭に浮かぶ。

嫌な映像を振り払い、マリアさんに着席するよう促した。

「ここはほかに誰もいないので楽にしてくださいね」

「は、はい」

まったく楽にしていない。むしろ緊張感が増したようだ。

「……あの、ランセル殿下とはどのように出会ったのですか？」

少し気になっていたことだ。子爵程度の家では王太子と接する機会は少ない。いったいどうやって愛を深めたのだろう。

「あの、それは……私の家の屋敷は貴族街でも端にあるんです。少し歩いて橋を越えれば一般の方が暮らす市場などがあるところです」

町に通っていたのでだいたいの位置は想像できる。王宮に近いほど上位貴族の屋敷が立ち並ぶ。

貴族街には大勢の貴族が住んでいるけれど、王宮に近いほど上位貴族の屋敷が立ち並ぶ。

「町に近いのなら気軽に遊びにいけそうでいいわね」

ベルヴァルト公爵家からは徒歩でかなりの時間がかかったけど、マリアさんの家からは気軽に通えそう。まあ彼女は私と違って家を抜け出したりはしなそうだけど。

「はい。ときどきですが町に遊びに出かけていました」

え、そうなの？　意外と行動的なんだ。

「それで……そのときにランセル様とお会いしたのです」

「初対面は町だったの？　ランセル殿下は視察かなにかで？」

「いえ、あの、お忍びです。私、初めは王太子殿下だとは存じ上げなくて。素敵な方だとは思ったのですが」

まあ、ランセルは顔だけはいいからね。

「お互いの身分を知らないまま親しくなったの？」

「はい。こんなに立場が違うのになぜか話が合って。ランセル様といると楽しくて、私はしょっちゅう屋敷を抜け出して会いにいったんです」

お忍びで来た王子様と恋に落ちるなんて、まるで物語のようだ。

「しょっちゅうって、ランセル殿下はそんなに町に出ていたの？」

「はい、お仕事があるそうで」

本当に仕事かな。実はマリアさんにひと目惚れをして無理やり時間を作っていたとかじゃないの？

真実は分からないけど、ランセルとマリアさんの関係って私が想像していたのよりずっと普通で、誠実なものみたい。

「マリアさんはいつランセル殿下の身分を知ったの？」

「つい最近です。とても驚いて、もう会うのはやめようと思いました。身分違いですから。でもランセル様が必死に引き止めてくださって」

「そう。好きな人にそんなふうにされたら断れないわよね」

不安でいっぱいだけどランセル殿下とともにいるのを選んだんだ。

なんだかうらやましい。ランセルと恋人になったことではなく、そうやってただひとりを好きになれるのが。

アリーセになる前も私は恋愛経験がほとんどなくて、小説を読んで憧れていただけだったから。

今なんて、無理やり結婚させられた挙げ句その夫である王の殺人未遂の疑いまでかけられて……恋愛している余裕なんていっさいない。

「あの、王妃様、どうかなさいましたか？」

憂鬱さが顔に出てしまっていたのか、マリアさんが不安そうな声をかけてくる。

「あ、ごめんなさい。なんでもないの。それよりもマリアさん、私はあなたとランセル殿下の結婚を応援します。なにか困ったことがあれば遠慮なく相談してね」

ランセルからある程度聞いていたのだろう。マリアさんは戸惑いながらもお礼の言葉を口にする。遠慮がちなその態度は健気でかわいらしい。あの威張ったランセルにはもったいないくらい。

彼女となら友達になれそう。私が無事に王妃位から逃れられたらだけど。

「あ、ありがとうございます。よろしくお願いいたします」

マリアさんは大きな瞳に涙を浮かべ私を見つめる。

小動物のように愛くるしい。ランセルは絶対ひと目惚れだろうなって思った。

翌日。ランセルが突然私の部屋にやって来た。

マリアさんからなにを言われたのか知らないけど、妙に穏やかになっている。あきらかに態度が軟化した。

なんて単純なのかとあきれたけれど、余計な発言はしない。彼の機嫌をよくしておいた方が私にとっては都合がいいからね。

ただ、仲よくお茶を飲むなんていうのはやはり難しい。彼の眉間にシワが寄っていなくても、なんだか気まずいというか……。とはいえ、一緒にお茶を飲んでいるのに無言なのもね。

などと考えていたらランセルの方から話しかけてきた。

「マリアがあなたに好意を持ったようだ。結婚を応援すると言われ喜んでいた」

ランセルの顔がほんの少し、誤差ってレベルだけ傾いた。

もしかしてお礼をしているつもりなのかな。

「私もマリアさんを好きになりました。純粋でかわいい方ですね」

ランセルの表情は動かなかったけど首もとがやや赤い。意外にも照れている？

結構普通なところもあるんだな。そう思うと話しやすくなる。

「あの、前から聞きたかったのですが、なぜ初対面のときから私に敵意を持っていたんですか？」

「初対面？」

「夜会のときです」

まさか、忘れているの？

「ああ……あのときか。敵意は持っていなかったがあなたを軽蔑する気持ちはあった。デビュタントとはいえ、夜会は社交の場だ。それなのに務めを果たさずフラフラと歩き回り、立ち入り禁止の場所まで規則を破り入ってくる。ベルヴァルト公爵家の長女の悪評は知っていたが、あくまで噂だと思っていた。だが実際会ったあなたは悪く言われるだけの常識のなさで不快感を覚えた」

ランセルはついさっきまでのつたない言葉運びから一転、流暢に語る。

私の悪口になると舌がなめらかになるようだ。非常に感じが悪い。

でも、ランセルがいきなり攻撃的だったのはそういう事情だったんだ。小説でのアリーセとの出会いとは全然違ったのを不思議に思っていたけれど、今のでなんとなく分かった。

アリーセはテラスで涙を浮かべながら佇んでいた。とても儚く寂しそうに映っただろう。ランセルに声をかけられれば緊張して顔を赤くした。

対して私は、平然とした顔で立ち入り禁止区内をウロウロしていた。

ランセルと目が合っても顔色ひとつ変えず、むしろ不快感を出していた。

……まあ、客観的に考えても、対応は変化するよね。

とくにランセルは女の子らしい、健気な子が好きみたいだし。

「貴族令嬢の中にはマリアに嫌がらせをしている者もいると聞き、うんざりしていたのもある」

なるほど。そういった女性たちへの怒りが私に向いたってわけね。……つまり、とばっちりじゃない。

「言っておきますけど、私は嫌がらせなんてしていません。そもそもマリアさんの存在を知ったのはつい先日ですから」

「そのようだが、あなたはためらいもなく年の離れた国王の後添えに収まった女性だ。警戒せざるを得ない」

「そうですか。前にも言いましたけど私は公爵の命令で王妃になったんです。そこに自分の意思なんて微塵もなかったので」

ランセルは怪訝な顔をした。

「それもにわかに信じがたい。はっきり物を言うあなたが公爵の言いなりになるとは思えないが」

ランセルの中で、私ってどれほど強い女の印象なのだろうか。

「私の意見なんて通りませんよ。屋敷からも出られず逃げられなかったし」

「逃げようとしたのか？」

「え？　いえ、もしその気になってもって意味です」

危ない、ついうっかり口がすべった。

「とにかく誤解は解いていただけましたか？」

「そうだな。なぜ国王があなたを望んだのかはまるで理解不能だが」

私は内心ため息をついた。和解のムードを漂わせながらもいちいち嫌みを言うなんて、性格が悪い。不愉快。だけどここは私が引くしかない。

「ところで先日、ランセル殿下がお怒りだった件ですけど」

「……私の兄弟の件か？」

「はい。いないとおっしゃっていましたが本当ですか？　噂では愛妾に子供ができていたとか。それに国の最高位の方に子供が少ないのも不自然な気がします」

ランセルは小さくため息をついた。

「噂の件は私も数年前に聞き、知っている。だがあくまでも噂だ」

「どうして言いきれるのですか？」

「調査した。しかし国王の子が生まれた形跡すら見つけられなかった。恐らくだめになったのだろう」

「そうですか……」

さすがランセルは抜け目ない。私が言い出すよりずっと前に確認していたんだ。

「その後、国王陛下が愛妾を迎えた事実はない。私の母とうまく行っていたわけではないが、余計な争いが起きないよう自制していたのだろう」

さりげなく言ってるけど、国王と前代王妃って不仲だったんだ。

それでほかに癒しを求めなかったのなら、ランセルが言う通り思慮深い人だったのかも。

思い込みの激しいランセルより冷静なのかな。そういえば……。

「国王陛下とランセル殿下はあまり似ていませんね」

ランセルはぐいっと眉間にシワを寄せる。

「こんなときだけ気を使わなくていい。まったく似ていないのは分かっている。私は母に似たのだ」

へえ。じゃあ前代王妃はすごい美女だったんだ。性格も母親似なのかな……。

「分かったか。国王陛下の私生児が犯行を企てた可能性はない。ほかをあたれ」

「はい、分かりました」

「期限まで日がないぞ。急げ」

「……はい」

和解しても期限は変えてくれないんだ。なんて心が狭いんだろう。

ぶすっとしているとランセルが居間を見回しながら言った。

「メラニーはどうしている？」

「今はフランツ夫人に頼まれた仕事をしてると思いますよ」

「あなたには仕えていないのか？」

「直接的には。理由はよく分かってますよね？」

嫌みを込めて言うと、ランセルは気まずそうに視線を逸らす。

「あれにはもう間者（かんじゃ）のような真似はさせない。広い心で戻してやってくれないか？」

珍しく遠慮がちに言われ、戸惑ってしまう。

「そうはいっても信用するのが難しくて」

「彼女は私の命令に忠実に従っていただけだ。いつもあなたをかばうような発言ばかりしていた」

「そうなんですか？」

メラニーが私を……。

「なぜだか、あなたを慕っていたようだ」

なぜだかって、いちいち失礼だな。

でも、メラニーはランセルに従いながらも私を気遣ってくれていたんだ。それはうれしい。

私だってメラニーのことは好きだし、今の気まずい関係は嫌だ。

「分かりました。すぐには無理でも少しずつ関係改善をしていきます。でもランセル殿下はもうメラニーに変な命令をしないでくださいよ」

「分かっている」

ランセルはほっとしたように言うと居間を出ていった。

どうやら本当に彼女を気にしていた様子。意外と優しいところはあるみたいだ。

私以外に対してだけど。

ランセルが決めた期限まで半月を切ったある日。ロウが朝早く私を訪ねて王宮へとやって来た。

知らせを受けた私は、フランツ夫人の到着を待たずに大急ぎで応接間に駆けつける。

「ロウ、来てくれたのね！」

犯人探しで頼っているのもあるけど、それだけでなく数少ない信用できる相手で、素を出せる彼に会いたかった。

「ああ。早くに悪いな。元気そうでよかった」

ロウはやわらかく微笑む。相変わらずキラキラとした御曹司オーラのようなものを感じるけれど、よく見ると目の下にうっすらクマがある。

「大丈夫？　疲れているみたいだけど」

犯人探しで負担をかけてしまっているのかな。インベルの件だってあるのに。

「大丈夫だ。それよりも、少し進展があったからすぐに知らせたくて報告に来た」

やっぱり、精力的に動いてくれていたんだ。

「ありがとう、本当に助かる。私もそれなりに調べたんだけど結局行きづまっていて」

「リセはなにを調べたんだ？」

「実はね……」

国王の隠し子について思いついたことと、ランセルに聞いた内容を簡潔に話す。

ロウは真面目な顔で聞いていたけれど、思いがけない発言をした。

「その件については俺も調べた。結果はリセがランセル王太子から聞いた内容と同じだよ」

「え？　ロウも調べてたの？」

「ああ。まず初めにそこから確認した」

「そ、そうなんだ」

そしてすぐに結果を得て、次の手がかりを探し新情報を掴んだの？

有能すぎない？

「頼りになるよ、本当にロウと出会えてよかった」

しみじみつぶやくと、ロウはなぜか戸惑ったように目を逸らした。

「な、なに言ってるんだよ」

「なにって、感謝しかないと思って……」

そのとき、応接間の扉の向こうがなにやら騒がしくなった。

フランツ夫人かな？　でもいつも落ち着き払った彼女がこんなにぎやかに登場するとは思えないけど……などと考えているとノックの音が響き、同時に扉が開いた。

返事もしていないのに開いたのに驚いたけれど、やって来た人物の顔を確認してもっと衝撃を受けた。

「ランセル殿下？」

なんで彼がここに？　眉をひそめているとロウが立ち上がる気配がした。

「王太子殿下、ご無沙汰しております」

ロウが礼儀正しく頭を下げる。

「久しぶりだな。最近顔を出さないからどうしたかと思っていた」

「申し訳ありません」

ランセルはロウのことは好ましいようで、いい人っぽく振る舞っている。

やっぱり私だけが目の敵にされているみたい。

「あの、ランセル殿下はなぜこちらに？」

呼んでないんだけど？と言外に滲ませながら言う。私もランセルにあれこれ言えない程度には愛想がない。それが伝わったのか、ランセルは憮然とした様子で答えた。

「ローヴァインと話がしたくて来た」

「そうですか。では私とロウの会話が終わった後でお願いします」

「ロウ？　愛称で呼ぶなどずいぶんと馴れ馴れしいんだな」

「従兄妹同士ですから。いけませんか？」

細かいツッコミをしていないで、早く出ていってほしい。

「まあ、いい。それよりも話には私も同席する」

「はあ？」

「話はバルテルの件か国王陛下の件だろう？　私にも知る権利がある」

権利はあるかもしれないけど、ロウとふたりで話したかったのに。

ロウの様子をうかがうと、小さくうなずいた。逆らうなってこと？

「ローヴァイン、楽にしろ」

ランセルはそう言いながら、お誕生日席にあたるひとり掛けのソファに腰を下ろす。

すごく偉そう。ロウは言われた通り腰を落とす。

「それで、現状は？　報告しろ」

なんでランセルが仕切ってるわけ？

むっとしているとロウが流暢に説明を始めた。

「今のところインベルに目立った動きはありませんが、引き続き警戒中です。国王陛下の件ですが、あの日は大がかりな夜会があったことから城の警備は通常よりも厳重で外部から侵入するのは困難なため、当日王宮に出入りが可能だった貴族に絞って行動を確認しました。その結果、該当者の中でエンデ宰相だけが、夜会に出席していないと判明しました」

「エンデが？」

たしかにエンデ宰相なら国王に近寄るのが可能だし、王宮に詳しい。

でも、あの人夜会にいなかったんだ？　重臣は参加するって聞いていたけど。

記憶があやふやではっきりしない。エンデ宰相は存在感が薄いから。

ランセルとかユリアーネだったら簡単に思い出せるのに。

どうやらランセルも覚えていないらしい。

首をかしげたとき、控えめなノックの音がした。ランセルと違い、勝手に開けたりはしない。

「はい」

私が声をかけると、フランツ夫人の返事が聞こえてきた。

「入って」

彼女は静かに扉を開けて入室した。

ランセルがいると知っていたのか、驚くわけでもなく私の背後に控える。

そうだ。フランツ夫人なら覚えているかも。

「フランツ夫人、問題の夜会なんだけど、エンデ宰相がいたか覚えている？

いなかったと言ってもらえれば確証が持てる。」

「はい。お見かけしました」

え、いたの？

「どこで見たんだ？」

ロウも驚いたようですぐにフランツ夫人に確認する。

「貴族の出入口付近にいらっしゃいました。ベルヴァルト公爵夫人と挨拶をされていましたわ」

エルマと？　ふたりは交流があったの？　それともただ挨拶をしていただけなのかな。

「妙だな。宰相と公爵夫人が挨拶をしていても不自然ではないし。

「妙だな。エンデ宰相は文官に、仕事が立て込んでいて夜会には出られないと伝え、王宮内の執務室にこもっていたはずだ。ベルヴァルト公爵夫人に挨拶をするためだけに広間に行くとは思えない」

「宰相を見たのはそのときだけですわ。王太子殿下が広間中央でダンスを始めてすぐです。その後はお見かけしなかったので、奥に下がられたのかと」

それなら宰相は夜会の前半にほんの少しだけ顔を出して、後は執務室に引っ込んでいたのかな。

「そういえば、宰相が国王の私室に到着するまでにかなり時間がかかったな。執務室からはそれほど遠くないはずなのに」

「つまりエンデ宰相は結構怪しいってことですか？」

私の問いにランセルは顔をしかめた。

「エンデは長年国王に仕えている。仕事ぶりも誠実だ。彼が裏切るとは思えない」

「でも夜会に出ていない唯一の人物ですよ」

「だからといって犯人だとは決めつけられない」

「私のときは問答無用で犯人と決めつけたじゃないですか」

「……それに夜会には出ていたと宰相が言えばそれまでだ」

嘘をついてアリバイを作るってこと？

「だったらもっと証言を集めたら？　ほかの貴族に、国王を発見したときにはエンデ宰相が夜会にいなかったと証言してもらうんです。その上でエンデ宰相にその時間になにをしていたのか確認するのは？」

私はランセルと違い宰相を信用していない。むしろ前から思うところがあった。

さらにエルマと交流があるかもしれないと知り、ますます注意人物になっている。

「貴族の証言を取るのは難しい。宰相がいたか気にしている者など少ないだろう」

ロウが難しい顔で言い、ランセルも同意する。

「私のお茶会のメンバーを近いうちに集めて聞いてみます。女性の方が人を観察しているでしょうから」

フランツ夫人が絞ったメンバーは流行や人間関係に敏感だ。夜会でも油断なく周囲を見ていそう。

「あなたのお茶会か……」

「ずいぶん嫌そうですけど、なにか問題が？」

「いや、そうではないが」

ランセルは渋い顔をしながらも了承した。

「新たな事実が判明したらすぐに知らせろ」

そう偉そうに言うと、次の予定があるらしく応接間を出ていった。

けれど、彼の座っていたソファに勲章のようなものが置き去りにされている。

衣装についていたものだろう。

「あら。私届けてきますわ」

フランツ夫人がハンカチに包み、ランセル殿下を追う。なんて人騒がせな人なんだ。

はあとため息をついていると、ロウがぽつりとつぶやいた。

「ランセル王太子とずいぶん親しくなったんだな」

「親しい？　犬猿の仲だけど」

ランセルとのやり取りのどこを見て親しいと思ったのか。ロウは有能なはずなのに、どうしてしまったの？　それになんだかやけに不機嫌なような……。

「なんか、怒ってる？」

「別に」

「え？　だって不機嫌じゃない」

じっと見つめるとロウはふいっと目を逸らしてしまった。絶対変だ。

追及しようとするより前にロウが大きな息を吐いてから言った。

「貴族夫人たちを呼ぶ日程が決まったらすぐに知らせてくれ。それから油断はするなよ。リセは危なっかしいからな」

「失礼な。私は無茶はしない方だからね」

「まあ、いい。フランツ夫人に頼んでおく」

「なにそれ。大丈夫だって言ってるでしょ」

それからフランツ夫人が戻るまで、他愛ない話をした。

こんなときに緊張感がないかもしれないけど、ロウとの会話はやっぱり楽しい。

急いでお茶会の段取りをする約束をして、ロウと別れた。

すぐにいつものメンバーを招待した。三日後に薔薇の庭園に集まる予定だ。

急だから用意は大変だけど、頼りになるフランツ夫人とレオナ、それからメラニーがてきぱき動いてくれたのでなんとかなりそう。

私はそれほどわだかまりを持っていないけどメラニーの方はまだ気まずいようで、どこかぎこちない。そのうち自然に話せるようになるといいな。

お茶会当日。早めに支度を整え約束の時間までの時間をつぶしていると、思いがけなくマリアさんが訪ねてきた。

本来私への来客は宰相が間に入る決まりだけれど、マリアさんに限ってはランセルが許可を出しているそうだ。

「王妃様、突然の訪問申し訳ありません」

今日のマリアさんは、淡い黄色のドレス姿。前回会ったときと同じように、まずは頭を下げて謝罪をしてきた。

ただ緊張感はいくぶん和らいでいるようで、目が合うと控えめな笑みを浮かべた。

「大丈夫、座って」

「はい。あの、もしかしてお約束がありましたか？」

私の華やかなドレスを見たマリアさんが、慌てたように言う。

「この後、庭でお茶会があるの。ランセル殿下に聞いていない？」

マリアさんは、ランセル殿下を訪ねたついでに私のところに寄ってくれたんだろう。

「いえ、王妃様にご挨拶をしてから帰ると言ったのですが、ランセル様はなにもおっしゃっていませんでした」

「そうなのね。私はマリアさんと会いたかったから訪ねてくれてうれしい」

「え、そんな……」

マリアさんは頬を染めてうつむく。本当にかわいい。

ランセルの話ではほかの貴族の女性から冷たくされているようだけど、彼女の奥ゆかしい人柄を知れば態度も変わるんじゃないかな。皆が皆、ランセルの恋人だからといって嫉妬するわけじゃないだろうし……。

「あ、そうだわ。マリアさんもお茶会に参加しませんか？」

「え？　私がですか？　あの……お誘いいただいたのはうれしいのですが、場違いではありませんか？」

「そんなことないわ。そのドレスも日中のお茶会にふさわしいものだし、今日来るのは落ち着いているいい人たちばかりだから、話しやすいと思うの」

ユリアーネは来ないし、マリアさんに嫌がらせをする人はいないはず。

夜会でいきなり皆の中に入っていくより、少人数のお茶会で知り合いを増やした方が気楽なんじゃないだろうか。彼女なら宰相の話を聞くときに邪魔をしたりはしないだろうし。

それにマリアさんを連れていけば、急に開催したお茶会の理由づけになるかも。突然三日後に集まってと言われ、戸惑っている人もいるはずだ。ランセル殿下に頼まれてマリアさんを紹介するって流れにすれば、自然なんじゃないかな。

まあ彼女が嫌がったら無理強いはしないけど。

「では……お邪魔させていただきます。とても緊張しますけど、私も皆さんとお友達になりたいです」

「よかった。きっと仲よくなれるわ」

マリアさんは遠慮がちな性格だし、あまりコミュニケーション力が高い方じゃないけれど、そんな自分を変えようとがんばっているんだろうな。たぶん、ランセルとの未来を見すえているから。本当にランセルはいい恋人を見つけたものだ。

それからしばらく世間話をしていると約束の時間近くになった。

「王妃様、そろそろ時間ですわ」

フランツ夫人に言われ、ソファから立ち上がる。

「マリアさん、行きましょう」

「はい」

マリアさんは、緊張したように立ち上がる。

私の斜めうしろにマリアさんが続き、その後にフランツ夫人とメラニー、レオナがつく。

「場所は薔薇の庭園なんだけど、マリアさんは見たことがある？」

「いいえ、初めてです」

「少し歩くんだけど、とても綺麗なところだから楽しみにしていてね」

「はい、楽しみです」

庭を突っきる回廊を進み、薔薇の庭園近くで地面に降りる。

庭の中の小道といっても舗装されているから歩きやすい。木がたくさん植えてあり、空気が澄んでいる気がする。

さわさわと風に揺れる枝葉をなんとなく眺めていると、異変を感じた。

そんなに強く吹いているわけでもないのに、木が揺れる音がどんどん大きくなっているのだ。

「え……なに？」

根拠はないけど、嫌な予感がする。

「急ぎましょう」

とにかく早く薔薇の庭園に行きたい。あそこは開けて見晴らしがいいし護衛もいる。

「どうかしましたか？」

マリアさんは変に思っていないみたい。

「私もよく分からないんだけど、なんだか嫌な感じが……」

その瞬間、ヒュンと音がした。と思ったら近くの木に矢がぐさりと突き刺さる。

え……嘘……。

唖然としていると、フランツ夫人の切羽詰まった声が響いた。

「皆さん、走ってください！」

## 絶体絶命？

フランツ夫人の叫び声と同時に、マリアさんの手を引いて弾かれたように走りだす。

今のって誰かに弓を放たれたんだよね？

誰が狙われたの？　私？　それともマリアさん？　まさかのフランツ夫人？

分からないけれど、大ピンチであるのは間違いない。

もし矢が体に刺さったら、一気に重体だもの。

マリアさんの苦しそうな息遣いと、フランツ夫人たちの足音が聞こえる。

どうか誰もけがをしていませんように……。

それにしてもどうして今日に限って兵士がいないの？　いつもその辺をパトロールしているのを見かけるのに。

必死に走って庭を抜ける。この先の薔薇の庭園にはさすがに護衛がいるはずだ。

ほっとしかけたものの……あれ、薔薇の気配がまったくない。

それどころか殺風景になってきている気が……。まさか、いつの間にか方向を間違った？

ざっと血の気が引く。どうしよう、人がいない方に来たらまずいじゃない！

信じられないミスに頭が真っ白になる。

そのとき、男の怒鳴り声が聞こえた。

「向こうに逃げた、探せ！」

『探せ』って、私たちのことだよね？　どうしよう！

「きゃあ！」

マリアさんが小さい悲鳴をあげ、掴んでいた手が離れる。慌てて振り返るとマリアさんが芝の上に倒れていた。

「マリアさん、大丈夫⁉」

「はい、ごめんなさい私」

「大丈夫、早く立ちましょう」

ぐいっとマリアさんの体を引き上げる。アリーセの体は華奢なのでこんな場面では結構つらい。

「王妃様！」

フランツ夫人とメラニーが追いつき、手を貸してくれた。

「フランツ夫人、ここはどこ？」

「薔薇の庭園の近くですわ。あちらに進みましょう」

よかった、それほどはずれていなかったんだ。

ほっとしたそのとき、再び男の声がした。

「いたぞ！」

嘘！　ついに見つかった？　そんなに熱心に探さなくていいのに！

しかも相手の姿がはっきり見えるほど接近されてしまっている。

大柄の男三人が怒涛の勢いで近づいてくる。

ど、どうしよう。絶体絶命じゃない。

おろおろしていると思いがけない声が耳に届いた。

「リセ！」

この声は！　私は目を見開き視線を巡らす。

すると先ほどフランツ夫人が示した方向から、走ってくるロウの姿が視界に映った。

「ロウ！」

私は目いっぱい彼の名を呼ぶ。助かった。きっともう大丈夫。

彼は私の前を通り過ぎ、そのまま男たちの方へ走っていく。

そして腰の剣を抜くと、瞬く間に三人の追っ手を倒してしまった。

本当に一瞬の出来事。噂には聞いていたけど予想以上に強くて驚いた。

いろいろな要因でへたり込んでいると、剣を鞘に戻したロウがこちらに戻ってきた。

「大丈夫か？」

彼は息ひとつ乱さず、私を心配そうに見下ろす。

「なんとか。ロウはけがしてないよね？」

見た感じはなんのダメージも受けてなさそうだけど。

「ああ」

ロウは地面に座ったままの私を引っ張り起こしてくれた。

「ありがとう、助かった。でもどうしてロウがここに？」

「今日人を集めると聞いていたから気になって来たんだ。間に合ってよかった」

「本当にロウが来てくれなかったら危なかった。襲ってきたのは誰なの？」

完全に伸びた男たちは、黒く粗末な服を着ている。

「宰相かベルヴァルト公爵夫人の手下である可能性が高い」

宰相はなにかと怪しいからわかるけれど、エルマ？　やっぱり宰相と関係を持っているんだろうか。

「ねえ、ロウ……」

「マリア！」

大声が私の声を遮った。この声は……。

「マリア、大丈夫か？」

思った通りランセルが血相変えてマリアさんに駆け寄る。

「タイミングよすぎ……」

ぽつりと零した言葉に、ロウが小声で返す。

「リセを見つけたとき、ガーランドを使いに出しておいたんだ」

「よかった、無事で！」

ランセルは恋人の小さな体をぎゅっと抱きしめた。周囲の視線などまるで気にも留めていない様子。まあ、危機的状況だったので仕方ないけど。

ただしばらく放っておいても一向に離れる気配がないので、こほんと咳払いをしてから声をかけた。

「ランセル殿下、お取り込み中申し訳ありません」

私の言葉に、ランセルは弾かれたようにマリアから離れる。そして掴みかかってきそうな勢いで私に詰め寄った。

「これはどういうことだ？　なぜマリアを巻き込んだ！」

私には攻撃的ってわけね。

相変わらずな態度にあきれるけど、マリアさんが危険な目に遭ったのは私がお茶会に誘ったから。

「申し訳ありません、よかれと思って声をかけ……」

「ランセル様！　王妃様にひどいことを言わないでください！」

謝罪をする私の言葉を、今度はマリアさんが遮った。それもかなり強い口調で。

驚き見れば、彼女はランセルに怒りの眼差しを向けている。

え……いつものか弱い彼女はどこに行ったの？

「マ、マリア？」

普段偉そうなランセル殿下は逆におどおどしている。

「王妃様は私のためを思って、誘ってくださったのです。それなのにひどく言わないでください！」

「マリア、すまない。そんなつもりはないんだ。ただ君が心配で……」

「それなら王妃様に謝ってください」

「あ、ああ」

……ランセルとマリアさんの関係って、思っていたのと違っている？

予想外の力関係を目のあたりにして驚愕している私に、ランセルが気まずそうにほんの少しだけ頭を下げた。

「悪かったな、言いすぎた」

彼から受けた初めての謝罪だ。態度はいまいちだけど、文句をつける気にならない。

「いえ、お気になさらず」

ランセルの苦労を垣間見た気がしたから。

「それよりも襲ってきた者の正体を調べないと。幸い皆無事だったけど……あれ？」

周囲を見回していた私は、動きを止めた。

マリアさんはランセルのすぐ隣。ロウは私の隣。フランツ夫人とメラニーの呼吸はもう落ち着いていて、ごく普通に佇んでいる。でもレオナの姿がどこにも見えない。

「ねえ、レオナはどうしたの？」

どこかではぐれた？　けがでもして倒れていたら大変だ！

「早く探さないと」

慌てる私にメラニーが言う。

「王妃様、レオナなら大丈夫です」

どういうこと？

「レオナは途中で別れ、助けを呼びにいきました」

「誰にだ？」

ロウが間髪をいれずに問いただす。

「エンデ様にです」

ドクンと心臓が打つ。

「……どうしてエンデ宰相に？」

普通助けを呼ぶなら護衛兵ではないの？

「レオナはエンデ様にとくに目をかけていただいているのです。ですから簡単に目通りが叶います。エンデ様のお力で助けていただくと言っていました」

レオナがエンデ宰相と関わっていた？

そんな……今までそんな話、聞いたことがなかった。

フランツ夫人も把握していなかったようで、驚きの表情だ。

「……国王陛下の警護は問題ありませんか？」

不意にロウがランセルに問いかけた。

「万全だ。常に護衛を置いている。……ローヴァイン、なにを気にしている？」

ランセルが眉をひそめる。

「国王陛下が心配です。後ほど説明しますが今は陛下の無事を確認しましょう」

「あ、ああ」

ロウが足早に王宮に向かい、私たちもその後を追いかける。倒れた男たちはランセルの後を追ってきた部下に任せたから大丈夫だろう。

それにしても、ロウの態度が気になる。

真犯人は宰相だと示す証拠でも出たのだろうか。

国王陛下の私室の前には護衛騎士がいたが、ランセルを見るとなにか言いたそうに口を開く。けれどランセルは聞く暇はないと言わんばかりに、早口で命令を下した。

「扉を開けろ」

護衛騎士が慌てて扉を開く。

やがて見えた部屋の中には、ロウが危惧していた通りエンデ宰相がいた。

彼はベッドに横たわる国王を見下ろしていたようだったけれど、扉が開く音にびくりと体を強張らせた。

ゆっくりこちらを向く。ぎぎっと軋んだ音が聞こえてきそうなその動きには動揺が表れている。

「ラ、ランセル王太子殿下……なぜここに？」

ランセルの登場は、宰相にとって予想外だったのだろう。まるで幽霊でも見たかのような恐怖の目をして宰相はつぶやく。

ランセルの目つきが険しくなる。

「宰相こそここでなにをしている? この部屋への立ち入りは禁止していたはずだ」

ランセルは、ロウの調査結果を聞いたときは宰相が犯人のわけがないと考えていた。けれどさすがにこの状況では、宰相の行動の不審さを認めないわけにはいかないようだ。

青ざめた宰相が、ひどく小さな声で答える。

「陛下の様子を確認しにきました」

「そなたは医師ではないだろう。なにを確認するというのだ」

ランセルはそう言いながら大股でベッドへ向かい、国王の様子を確認した。

ほんの少しだけランセルの頬が緩む。国王は無事ってこと?

そう思ったけれど、緩んでいた表情がみるみる強張るのを見て胸騒ぎを覚えた。

なにがあったの?

ランセルは国王から宰相に視線をすばやく移すと、唸るような声を出した。

「お前が国王陛下に危害を加えたのだな?」

ランセルの中で宰相への疑いは確信に変化したようだ。

緊迫した空気の中、不意に宰相が乾いた笑い声をあげた。

「そうです。意外でした。ランセル王太子殿下は最後まで気づかないと思っていましたから。国王陛下とは距離を置いているように見えましたので」

少し前までの慌てぶりは鳴りを潜め、無表情でランセルを見すえている。

冷ややかさを感じるその変貌に不安になり、私は無意識に隣のロウに目を向けた。

彼は宰相をじっと見つめているけれど、今のところ動く様子はない。

すると再びランセルの声がした。

「説明しろ。なぜ国王陛下の忠実な家臣であるお前が、このような真似をする」

「忠実な部下ではないからですよ」

ふざけた感じの返事に違和感を覚えた。

宰相は冷静になったのではなく、ただ窮地に追いつめられ開き直っているだけなのかもしれない。

「初めから裏切っていたと言うのか？」

「いいえ。裏切ったのは国王の方ですよ」

「なんだと？」

ランセルの顔が怒りにゆがむ。

「初めに私を捨てたのは王の方なのですから」

「わけの分からないことを言うな！　はっきりと言え！」

「相変わらず激しやすい性質のようですね。そのような人間に次の王など務まるのでしょうか」

その場にいる誰もが息をのんだ。エンデ宰相がはっきりと、ランセルは次期王にふさわしくないと宣言したのだから。

少しでもランセルの心証をよくしなくてはいけないこの状況で、挑発するようなセリフを吐くなんて……。

困惑していると、それまで口をつぐんでいたロウが一歩前に進み出てよく通る声で宰相に話しかけた。

「エンデ宰相。あなたは国王陛下の血を引いているのではありませんか？」

「えっ！」

衝撃のあまり思わず声をあげてしまった。だけどそれは私だけではなく、あのフランツ夫人ですら黙っていられなかったようだった。

ランセルは唖然とした様子で口を開いた。

「ローヴァイン、なにを言っている？　国王陛下の血を引くのは私だけだ」

「以前こちらで調査した結果もそうでした。しかしその後、思いがけない情報を掴みました」

「内容は？」

「過去に国王陛下の愛妾となった女性は、ベルヴァルト公爵夫人の叔母です」

嘘！　たったひとりの愛妾がエルマの関係者だったっていうの？

「宰相は、国王陛下と愛妾の間に生まれたのでしょう。しかしすぐに城を出され、王都から離れた土地を領地に持つ伯爵家の養子となった。宰相殿、間違いないですね？」

唖然とするランセルの隣で、宰相は口もとをゆがませた。

「君はすごいね、誰にも分からないよう隠してきたのに」

肯定の言葉も同然だった。宰相は国王の子。ランセルの腹違いの兄だったなんて。

「だ、だがそれが真実ならば、なぜ国王陛下を狙った？」

「子供だから親には恨みを持たない。そう考えておいでか？」

宰相はばかにしたような笑いを浮かべながらランセルに問う。

「……すべてがそうだとは言わない。だがお前は長年国王陛下に仕えていた。親子と思えなくとも、信頼関係はあるのではないのか？」

宰相は大げさと思えるほど驚愕の表情を浮かべ、それから吐き捨てた。

「信頼関係？　そんなものあるわけがない！」

「復讐だと言うのか？　十年以上国王のそばにいながら、なぜだ？」

「答えるわけがないだろう。私の苦労が他人に分かるわけがない」

「父の血を引くと自ら言いながら他人だと言うのか？」

「他人だろう。それともランセル王太子殿下は、母親違いとはいえ兄に〝お前〟などと言うのか？」

宰相の指摘に、ランセルははっとしたように息をのんだ。

「王太子としてなに不自由なく育ったあなたに、実の親に捨てられた私の心情は分からないだろう。伯爵家でも厄介者扱いをされた私に寄り添ってくれたのは、母の生家の者たちだけだった。だから私は彼らの願いを叶えたいと思う」

待って、宰相の母親はエルマの叔母なのよね？　だとしたら生家というのはリッツ家。そしてリッツ家はインベル王国と関わりがある。

はっとした。王家がバルテルからの要求を無視し続けた理由。それは、宰相がインベル側の人だから。

では国王は？　宰相に騙されていたのか、もしくは味方をしていたのか。

「……あなたはこれまで苦労したのだろう。だが国王に危害を加えた罪を見逃すわけにはいかない。裁きを受けてもらう」

ランセルがそう告げるとロウが動き、宰相の腕をうしろ手に拘束した。

宰相は少しも逆らわない。

「カレンベルク王国からバルテルを切り離そうとしたのは、宰相の意思ですね。なぜそんなことを？」

宰相を押さえたロウが問う。

「もともとバルテルの地と住まう人々、受け継がれた力はインベルのものだ。正しい場所に返す、それはインベルすべての人の願いなのだから、私が協力するのは当然だろう」

「バルテルが堕ちればカレンベルク王国も無事では済まない。国力は落ち他国から狙われる可能性が増える。どのように言い国王陛下を納得させたのかは知らないが、あなたは重罪人だ。たとえ王族の血を引いていたとしても許されない」

ロウの厳しい言葉に、宰相はふっと笑った。

「初めから許されようなど望んでいない。父は私の母を見殺しにし、私を捨てた報いを受けるべきだ。愚王として名を残してもらおうか」

「そうはいかない！　父上が目覚めれば、あなたの悪事はすべて話す」

ランセルがたまり兼ねたような声をあげた。

けれど宰相はますます顔をゆがめ高笑いをした。

「無駄だ。国王はすでにお前の声など聞いていない。いや、誰の声も聞こえないか」

「なんだと？」

「本当に気づいていなかったとはな。国王はもう何年も前から正気を失っている。まともな思考能力などない。私の言うことをなんでも聞く、か弱い操り人形だ」

う、嘘……。操り人形って、そんなのありえない。この前の夜会のときはしっかりと歩いていたじゃない。ランセルを厳しく叱責したって。

宰相が皆を惑わせているに決まっている。

だけどランセルもロウも衝撃を受け、言葉を失っている。まさか宰相の言葉を本気にしているの？

「い、いい加減なこと言わないで。人を操るなんてできるはずがないでしょう！」

ロウたちに冷静さを取り戻してほしくて、勇気を出して発言した。

すると宰相は私の存在に初めて気づいたかのように、意外そうに片眉を上げた。

「おや、バルテル家の令嬢ではありませんか」

「え……？」

宰相の言葉の違和感に私は眉をひそめた。

彼とは王妃戴冠式で顔を合わせている。私が王妃だと知っているはずなのに。

仮に私を王妃と認めていないにしても〝ベルヴァルト公爵令嬢〟と言うはずだ。

宰相は不気味な表情で私を凝視している。

「いや、あなたは本当にバルテル家の令嬢なのですかね？」

ドキリと大きく心拍が跳ねた。

宰相の見透かすような目が、私を疑うような言葉が、不安をかき立てる。

この人……私が本当のアリーセじゃないと知っているの？

でもどうして？　今まで誰も気づかなかったのに。たった数回しか会っていない宰相になにが分かるというの？

宰相から目を逸らしたいけれど、なぜかそれもできない。

息をつめて立ちすくんでいると、宰相の体がぐらりと動いた。

ロウが強引に宰相の体を引いたのだ。同時に扉の向こうに声をかける。

「衛兵、入れ！」

すぐに扉が開き、数人の近衛兵たちがやって来る。

彼らは宰相の姿を目にすると動揺したが、ランセルが命じると余計なことは言わずに宰相を連れていった。

ぱたりと扉が閉じると、体の力が抜けた。

な、なんか怖かった。いや、怖いというより不気味というの？

さっき追いかけられたときよりも、強い恐怖だったかも。

「リセ、大丈夫か？　顔が真っ青だ」

いつの間にかそばにいたロウが心配そうに言う。

「今は大丈夫だけど、宰相を見てたら不安になって」

「ああ、まるで別人のようだったな」

ロウの感想は私と少し違うようだ。普段と違うから怖いんじゃない。

ただ彼が〝なにか知っていそう〟で不安になる。本能的なものなのかもしれない。

「部屋で休んだ方がいい」

「うん……あっ、でもお茶会でみんなを招待していたんだ」

すっかり忘れていたけど、薔薇の庭園で貴婦人たちが待っている。

「それなら大丈夫だ。中止だと知らせを出している」

「そうなの？」

いつの間に。みんなに悪いことをしちゃったな。今度謝らないと。

「王妃様、ローヴァイン様のおっしゃる通りです。私室で休みましょう。招待した皆さまについては私にお任せください」

フランツ夫人も心配そうに私を見る。よほどひどい顔をしているのかな。

「分かった。ではそうさせてもらいます。そうだ、マリアさんは……」

彼女もかなり恐怖を感じただろうと心配したけれど、意外にもそれほどダメージを受けていないようだった。むしろ動揺しているランセルを慰めているように見えた。

強い……。最初は心配だったけど、マリアさんって実は王妃に向いているのかも。

それにしても、宰相に言いようのない恐怖を覚えたのは私だけみたい。

いったいどういうことなのだろう。

ロウに私室まで送ってもらい、体の汚れを落とすと一気に疲れが襲ってきた。

まだ日が落ちる前だと言うのに、私の意識は暗闇に包まれた。

# 誰も知らなかった出来事

＊＊＊

寂れた庭にも植物が芽吹いている。力強く生きるそれらを見るのがアリーセは好きだった。

その日は、社交界デビュー用のドレスの試着をするはずだったのに、手伝いの侍女にすっぽかされてしまい落ち込んでいた。

そんな気持ちを紛らわそうとひとり庭を歩いていたとき、人の争う声が聞こえた。

キョロキョロと辺りを探ると、声は敷地を分けるように立つ柵の向こうからだと分かった。

言い争う声はだんだんと大きくなり、アリーセは心配になった。

離れの敷地から出てはいけないと継母エルマから言われているものの、気になるあまりアリーセは柵の扉を静かに開いてしまった。

声の方にそろそろと近づき、木の陰から様子をうかがう。

『まだあの娘を生かしているのか！』

叫び声をあげたのはアリーセの見知らぬ男性だった。だいぶ年上だけれど、父公爵よりは若く見える。責められているのは父公爵と継母。

父の顔色は悪いが、継母は平然としている。その継母が口を開いた。

『この人の意気地がないから』

息を潜めていたアリーセは目を見開いた。

公爵に対してあんな言い方をする継母を見るのは初めてだった。

(お父様とエルマ様はけんか中なの?)

それにしてもずいぶんと物騒な発言をしていた気がした。

(『まだあの娘を生かしている』? ……娘って誰だろう)

この家で娘といえば、アリーセかユリアーネだ。

(もし私のことだったら?)

アリーセは急に怖くなった。それに盗み聞きをしているのがばれたら大変なことになる。継母にはただでさえ嫌われているのだ。

(そっと戻ろう)

そろそろと後退して離れに帰ろうとしたアリーセは、途中木の枝を踏み抜き、大きな音を立ててしまった。

『誰だ！』

すぐに怒号が聞こえてくる。恐怖のあまり、アリーセは走りだした。

『待て！』

柵の扉を抜け、離れに逃げ込む。

自分の住まいにたどり着き少し安心したところで、背中を強い衝撃が襲った。

悲鳴をあげることもできず地面に倒れる。

倒れたアリーセの背中に、さらに圧迫が加わった。

（誰かが乗ってる？）

確認したくても首を動かせない。

苦しさに呻いていると、耳もとで聞きなれない声がした。

『余計な真似をしなければ、もう少し長生きできたかもしれないのにな』

（誰……さっきお父様に怒っていた人？）

心臓がどきんどきんと脈打つ。自分はなにをされるのだろう。問いたくても苦しさと恐怖でアリーセはまともに声が出ない。

『お前の父親は渋っていたが、バルテルの娘は生かしておけない。あのとき母親とともに始末するべきだったのだ』

アリーセはかっと目を見開いた。

母は昔亡くなっているけれど、病だったはず。

けれど今の口ぶりはまるで、誰かに殺されたような……。

(どうしてお母様を？ バルテルの娘を生かしておけないってどうして？)

それまで触れられていなかった首にぐっと圧力がかかる。

『ぐうっ！』

(息ができない！)

なぜこんな事態になっているのか。なにも悪いことなどしていない。寂しくても離れでおとなしく暮らしていたのに……。

本当は皆ともっと話したかった。父親に相手をしてほしかった。そんな気持ちを隠して、迷惑をかけないよう我慢していたのに。

苦痛は増し、視界が暗くなっていく。

助けが来る気配はない。父はアリーセが襲われているのに気づかないのだろうか。

(お母様もこんなふうに襲われたの？)

体の力が奪われていく。

(私もお母様も悪いことなんてしていないのに……ずっと我慢していたのに)

一生懸命生きてもいい行いを心がけても、我慢しても報われなかった。

そして最後はこんな苦痛の中、突然人生を絶たれるのだ。

（神様……お願い助けてください……こんなふうに死にたくない。悪い人の思い通りにさせたくない）

せめて一矢報いたいと願っても、もうそんな力は残っていなかった。

（……生まれ変わったら、今度こそ自由になりたい……誰かと一緒にいたい）

アリーセの体から完全に力が抜けていく。

アリーセがぴくりとも動かなくなったのを確認すると、男はようやく立ち上がった。

無残に倒れる痩せた娘を冷酷な目で見下ろす。

自分の一族では最も高貴とされる銀の長い髪が、娘の顔を隠していた。

髪をかき分け死に顔を見ようとしたそのとき、悲痛な声が響いた。

『アリーセ！』

駆けつけたのは姉の夫、ベルヴァルト公爵だった。

『なぜこんなことを！』

男はだらしなく泣きわめくと、娘の体を苦労して持ち上げる。

『なにをする気だ？』

『すぐに医者に診せるんだ』

ちらりと見えた娘の顔にはすでに血の気がなく、助かる見込みはなさそうだ。

男は酷薄に笑った。

(そんなに悲しむのなら、もっと早く助けに入ればよかったのに。その勇気もなく、事が収まるのを見てから騒ぐなど……あきれるが、だからこの男は使いやすい)

男は粗末な建物に運ばれていく娘を見送った後、その場を立ち去った。

娘が助かっても自分を襲ったのが誰なのかは分からないだろう。もし騒ぎ立てても姉が黙らせる。

怖い目に遭ったのだからよりいっそうおとなしくなるだろうし、始末するのはもっと利用してからにした方が得かもしれない。

＊＊＊

「な、なに、今の夢……」

すごくリアルな夢だった。

ベルヴァルト公爵家のアリーセの離れの景色なんて、本物となにひとつ変わらなくて……。

まだドキドキと波打つ胸を押さえながら、上半身を起こす。

窓に目をやれば、重厚なカーテンの隙間から光が差し込んでいた。昨夜は部屋に戻ってすぐに眠ってしまったけれど、そのまま目覚めずに朝を迎えたようだ。

「それにしても今の夢って……」

公爵もエルマもまさに実物だったし、襲われたときの恐怖心なんて真に迫っていた。

本当にただの夢？

昨夜あんな事件があった後だし、いつもと違う夢を見ても不思議はないけど、でもすごく気になる。

あれは現実で起きた出来事のように思うのだ。

私がアリーセとして目覚めたとき、侍女は〝庭を散歩している途中に急に意識を失い、三日も目覚めなかった〟と言っていた。夢の出来事とつながっている。

公爵とエルマがその件についてなにも言ってこなかったのは、私がなにも覚えていないと判断したからなのだとしたら？

思い返してみると公爵は私がロウと親しくなったとき、どんな話をしたのか気にして挙動不審になっていた。

あれは私がロウに、襲われたことを話したのではと不安になったからじゃない？

そう考えるとますます、あの夢は現実なんではないかと思えてくる。

事実を知っているのは公爵とエルマと、アリーセを襲った男だけ。あの男はほぼ間違いなく、エルマの弟でリッツ家の現当主だろう。

だがたとえ王妃として、問いただしても答えるはずがない。

私はため息をついた。

ずっと本当のアリーセはどうしたのか気になっていたけれど、あんな最期を遂げていたなんて。

夢の中ではまるでリンクするように彼女の無念さを感じた。

あの後、なぜ私の精神がアリーセの体に入ってしまったのか分からないけど……。

私は決心した。

アリーセが願った通り、彼女を傷つけたリッツ男爵とエルマに罪を償わせよう。

そして、アリーセの魂が今頃自由で安らかでいられることを祈ろう、と。

騒動から数日が経った。

王宮ではエンデ宰相が国王に危害を加えて捕らえられたことが知れ渡り、大変な騒ぎになっていた。今どうなっているのか知りたいけれど、私に報告する余裕はないようで放置されている。

そんな中、マリアさんが訪ねてきてくれた。

「王妃様、お体がよくなったようでよかったです」

あのとき、私の顔色は本当にひどかったらしく、皆がすごく心配してくれている。

「ありがとう、でも本当になんでもないの。私のことよりランセル殿下は大丈夫なの？　とても忙しいようだけど」

マリアさんは小さくうなずいた。

「はい。宰相様が担っていた仕事もこなさなければならず疲弊しています。それにランセル様は繊細な方ですから、心の方も心配です」

「……繊細？」

あの常に威張り散らしているランセルが？

唖然とする私に、マリアさんは困ったように言葉を続けた。

「誤解されがちですが、ランセル様はとても優しい方です。傷つきやすくもあります。そんな自分を隠して強く見せるために言葉がきつくなることもありますが、後で反省して苦しんでいるときもあるんです。王妃様に対しても虚勢を張ってしまうと悩んでいました」

嘘でしょう？

にわかに信じがたいけど、マリアさんが言うからには本当なんだろうな。

あのランセルが……。小説でのイメージと私への言動で最悪なやつかと思ってたけど、実はいいところもあるのかな。苦手なのは変わらないけど、もう少し先入観をなくして接してみようか……。

「王妃様、どうかランセル様の力になってください。私もできる限りのことはするつもりですが、表立ってはなんの力もなく助けになれないのです」

「ええ。もちろん」

マリアさんは本当にランセルを想っているんだ。

大変だろうけど、こんなに優しい恋人がいるならきっと彼は大丈夫。


表舞台ではランセルとロウが活躍して、徐々に混乱を収めていた。

王妃といっても政治には関われない。だからせめてもと、その間私はマリアさんを貴婦人たちに紹介して、彼女の立場を固めるように動いていた。

エルマとユリアーネがなにか言ってくるかもしれないけど、私はランセルの妻はマリアさん以外にいないと思っている。

名前ばかりの王妃だけど、持てる権力を総動員してマリアさんをフォローした。

フランツ夫人とメラニーも私の意向をくんで協力してくれている。

そうして過ごしているうちにひと月が経ち、ランセルとロウが私へ事情説明にやって来た。

場所は応接間ではなく私の私室の居間。人払いをしてすぐにランセルが切り出した。

「報告が遅くなって悪かったな。ローヴァインは自分が説明すると言っていたんだが、私から伝えるのが筋かと思い、このような時期になった」

ロウの説明で早く教えてくれた方がよかったんだけど。

なんて正直に言えるはずもなく、私は黙って続きを促す。

「時間もないので結果から言うが、宰相は自害した」

「えっ？」

お茶のカップを手にしていたら落としていたところだ。それくらい衝撃を受けた。

「どうして？　見張りをつけていなかったんですか？」

「薬を隠し持っていたんだ。もとからそのつもりだったのだろう。いつ捕まってもいいように覚悟をしていたのだ」

ランセルは顔には出していないけど、苦しんだろうな。だってこれまでいないと思っていた兄弟が突然現れて、犯罪を犯した挙げ句亡くなってしまったのだもの。

「ランセル殿下は大丈夫なんですか?」

「なにがだ?」

心配して聞いたつもりだけどじろりと睨まれた。私に弱みを見せる気はないみたい。

「余計な心配でしたね。では国王陛下について教えてください。回復しているのですか?」

一応妻だと言うのに、なんの報告も受けていない。

ランセルはここで初めて顔を曇らせた。

「宰相の息のかかった医師から別の者に替えたが、回復する見込みはないとの診立てだ。宰相が言っていた通り、もはや正常な判断ができる状態ではなく、記憶も定かでない。これまでは稀に正気に戻るときはあったものの、ほとんどの時間を宰相の言いなりで行動していたようだ。今後国王の務めを果たすのは不可能だろう」

「……そうなんですか。あの、では私を王妃に推薦したのは誰だったのですか?」

「宰相だ」

まさかの回答に驚いた。

エルマとつながっている宰相である可能性はないと思っていたのに。

「理由は知ってますか?」

「あなたを罠にはめようとしていたようだ」

なんのためらいもなくランセルが言った。

「罠に？」

「そうだ。宰相はもう数年も前から国の財産を横領していた。その罪をあなたにかぶせようとしていたのだ。なぜあなたが選ばれたのかはまだはっきりしないが、私とローヴァインは、実家が騒ぎ立てない上に、王妃として権力を握っても不自然ではない身分の令嬢を探していたのではないかと考えている」

「そうですか」

たしかに公爵とエルマは、私が断罪されてもなにも言わないだろうからね。

「横領の件は宰相が犯人だと分かったため、表立っての取り調べは終了している。だが共犯者は間違いなく存在する。証拠はないが、宰相はほとんど財産を持っていなかったからな」

「もしかしてベルヴァルト公爵家ですか？」

「疑わしいが、ベルヴァルト公爵家は危険を冒してまで横領するほど困窮していない。急に羽振りがよくなった形跡もない」

そうなるとリッツ男爵家？

夢で見た彼はあきらかになにか企んでいたし、公爵よりもエルマよりも狡猾そうだった。けれどあれが現実という証拠はないのだから軽々しくランセルには言えない。

「最後に一番重要なことを伝える」

ランセルはそう言いながら居住まいを正す。

「私は近いうちに国王の位に就く」

「あ……そうですね。それがいいと思います」

国王はもう役目を果たせないのだもの。当然だ。

「その場合、あなたの身分は王太后となる」

え？　王太后ってなんだっけ？

「父上とともに離宮に移ってもらうことになるので、そのつもりでいてほしい」

は？　そのつもりって言われても！

「ちょっと、待ってください！」

「どうかしたのか？」

ランセルが怪訝な表情をする。

「どうして私まで離宮に移るんですか？　ランセル殿下が国王になったらマリアさんが王妃になるんですよね。だったら私は城を出ていきたいです」

「なにを言ってる？　王妃はたとえ夫に先立たれても死ぬまで王族だ。王家を出るなんて許されるわけがないだろ」

「嘘でしょう？」

思わず声をあげると、ランセルが奇妙なものでも見るように眉間にシワを寄せた。

「今さらなにを言っている？　常識ではないか。夫に先立たれた妃は、その後の人生を神への祈りに捧げる。今までのようには外に出られなくなるが、それが務めだ」

そんな……うまく離婚できれば出ていけると思っていたのに。

ベルヴァルト公爵家でのスパルタ特訓でも、そんなの習わなかった。

ランセルが言うようにこの世界での常識だから、わざわざ教える必要もないとスルーされたの？

茫然としてうなだれる私を手に負えないと思ったのか、ランセルは咳払いとともに立ち上がった。

「では私は次の予定があるので失礼する。後はローヴァイン頼んだぞ」

いそいそと居間を出ていくランセルのうしろ姿を見送っていると、ロウが今日初めて口を開いた。

「なあ、もしかして本当に知らなかったのか？　王太后は城を出られないって」

「うん……」

「前から感じてたけど、リセの知識は妙に偏っているな」

心底不思議そうに言われてぎくっとした。

「ベルヴァルト公爵家の教育はどうなってるんだ?」

「私だけの問題だから。ユリアーネは普通だと思うよ」

ユリアーネの名前を出したからか、ロウの表情が少し曇った。

「ランセル王太子は触れなかったベルヴァルト公爵家についてだけど」

「うん、どうなったの?」

「疑わしい面は多々あるが今のところ証拠がなく、残念だがなにもできない。ただ水面下で調査は続けていくから、いずれなにか分かるかもしれない」

「そう……」

明確な証拠もなく、公爵ほどの高位の人間を捕まえるなんてできないんだろう。

でもこのまま見過ごすのも悔しい。

アリーセだって本当に悪い人に罰が下ってほしいって願っていたじゃない。

せめてあの人たちに不安を与えられたら……。

「どうかしたか?」

「いえ。そうだ、レオナはどうなったか知ってる？」

彼女はあの日以来、私の前に現れていない。

「逃亡している途中で捕まえた。事情を聞いているところだが無事でいるよ。リセに会わせることはできないが」

「うん。それは分かってる」

普段の彼女はいい子だったから、残念だけどしっかりと罪を償ってほしい。

「リセ……俺はランセル王太子の戴冠式が済んだらバルテルに戻る。その後は当分王都には戻らない」

「え？　どうして？」

ロウがいなくなってしまうなんて、しかも戻ってこないなんて……。

胸がずきりと痛んだ。彼との別れだけはなぜか想像できなかったから、こんな日が来るなんて思わなかった。

「カレンベルク王家との関係は正常化したが、インベルとの問題が完全に解決したわけじゃない。俺には戻ってバルテルを守る役割がある」

「そっか……ロウは次の辺境伯様だもんね」

彼の帰りを待ち望んでいる人はたくさんいるんだろう。でも私は……。

「ロウと別れるの寂しいな……」

本当は寂しいなんてものじゃない。絶望している。

「そうだな。俺も寂しいし、リセが心配だよ。抜けてるところがあるからな」

「もう、抜けてるって失礼でしょ？」

「本当のことだろ？」

こんなふうに言い合うこともないんだ。

「……バルテルに連れていってくれるって言ったくせに」

胸が痛くて、つい責めるような言葉が漏れてしまった。

「言ったな。そうできればいいと思ってたよ」

「王太后になったら無理だよね？」

「ああ、そうだな」

それ以上に言葉が出てこなかった。

ロウが見たこともないような悲しい顔をしていて、彼も別れを悲しんでくれていると気づいたから。

あと何度会えるのだろう。

そう思いながら出ていく彼を見送った。

ランセルの戴冠式はふた月後だそうだ。マリアさんとの結婚はその一年後を目指しているという。

私は……ロウとの別れに落ち込んでいたものの、いつまでも沈んでいるのは私らしくないと無理やり気持ちを立て直した。

今までだってピンチばかりだったじゃない。今回だって切り抜けてみせる。

そう決意して、行動を始めていた。

計画はふたつ。

まずはランセルに話を持ちかけ協力をお願いした。門前払いの勢いで拒否されかけたけれど、マリアさんにも協力してもらって彼を説き伏せた。

そして、もうひとつの計画は……。

戴冠式の準備で忙しない王宮に、私はベルヴァルト公爵夫妻とリッツ男爵を呼び出した。彼らにはいつもの応接間ではなく、これまで使ったことのない王妃が謁見するための広間に通すよう段取りした。

メラニーに用意してもらった、贅をつくしたドレスを着て、謁見の間に進む。

なにかあっては困るので、フランツ夫人もメラニーも連れていかない。

ロウだけが護衛役として付き添ってくれることになった。

「そうしていると王妃らしく見えるな」

「これが最後の王妃役だからね」

私は不敵に笑って気持ちを奮い立たせる。

法的に裁けなくても、彼らに自分が罪人だと突きつけてやるのだ。

謁見の間には、不機嫌そうな顔のエルマと不安そうな公爵、それからリッツ男爵がいた。彼の容姿は夢で見たそのままで、私は小さく息をのんだ。

あの夢はやっぱり事実だったんだ。

三人から目を逸らし玉座に座った。ロウが背後についてくれる。

私は冷ややかな目で三人を見下ろし、口を開いた。

「本日はあなたたちに謝罪をしてもらうため、来てもらいました」

エルマの目つきが険しくなる。公爵は戸惑いながら返事をした。

「謝罪とはいったい……」

「ベルヴァルト公爵家の長女である私を不当に扱ったことについてです。離れに追いやり、まともな環境も教育も与えなかった。私は以前からおかしいのではないかと考えていましたが、王妃となって確信しました。あなたたちの行いは許されることではなかったのだと」

私がこんなことを言いだすとは思っていなかったのだろう。公爵とエルマは目を見開く。

リッツ男爵だけは顔色を変えず、ただ私に見定めるような視線を向けている。

「どうしましたか？　謝る気がないのですか？」

黙ったままの公爵に応えを促す。

「い、いえそれは……」

「悪くなかったとでも？」

「いや……」

公爵は青ざめている。もともとそれほど気が大きい方ではないのだろう。代わりにエルマがいらだたしげに口を開いた。

「なにを言いだすのかと思えば、今さら。不満があるのなら初めからそう言えばよかったでしょう！」

「お、おい」

公爵は強気のエルマを止めようとしている。けれどエルマが聞き入れるわけがない。

「これまで育てた恩を忘れて調子に乗って。誰のおかげで今の地位があると思っているの？」

「少なくともあなたのおかげではないわ。そしてなにを言おうとあなたたちの罪は消えない。エルマ。頭を下げないのなら私にも考えがあります」

名前を呼び捨てたからか、エルマの頬が怒りで紅潮する。

公爵はすでに戦意喪失で茫然としている。

「私が受けた仕打ちを社交界の皆に話しましょう。ユリアーネはそれを知りながらむしろ楽しんでいた冷酷な娘だとも。ベルヴァルト公爵家と縁を結びたいと思う貴族はいなくなるでしょうね」

「それは脅しなの？」

エルマが憎悪の目で私を見る。ロウも同席しているのに、本性を隠そうともしない。

それほど感情が高ぶっているのか。

「ただ自分たちの行いを振り返り、謝罪してほしいと言っているのです」

そう告げた直後、それまで黙っていたリッツ男爵が口を挟んだ。

「王妃様はご自分の権力を笠に着て、過去の恨みを晴らしているだけだ。これは弱い者いじめでしかない。高い地位に就く者とは思えない愚行だ」

リッツ男爵はエルマと同じ琥珀色の瞳をしている。けれどそこになんの感情も浮かばない。夢で見たときも感じたけれど、一番怖いのはこの人だ。だからこそ野放しにはできない。

「リッツ男爵、あなたにも伝えることがありました」

彼の問いには答えない。リッツ男爵はとくに怒りを見せるわけでもなく答える。

「なんでしょうか」

「ベルヴァルト公爵家の庭での出来事です。私を襲い地面に叩きつけたのはあなたですね」

リッツ男爵に初めて動揺が現れた。うしろに控えるロウも身じろぎしたのが分かる。

ふたりとも理由は別ながら驚いているのだろう。ロウは私がそんな目に遭っていたことに、そしてリッツ男爵は私があのときの出来事を覚えていたことに。

「……おっしゃる意味が分かりません」

リッツ男爵は早くも冷静さを取り戻して答える。

「それなら詳しく言いましょうか。偶然あなたたちの話を聞いてしまった私を追いかけ、口封じしようとした。背中を膝で押さえつけられたときの痛みはよく覚えているわ」

リッツ男爵は無言で私を見つめている。

「あなたは私を殺す気だったんでしょうね。ためらいなく呼吸を塞いできた。公爵が来たからとどめをささなかっただけ。その上生き残った私を利用しようとまで考えた。人の心があるとは思えない」

彼の瞳に強い感情が宿る。公爵は茫然自失で、エルマは青ざめている。

「なにが言いたいのですか？」

「悪人は報いを受けるべきです。あなたも相応の罰が下るのを覚悟しておいてね」

リッツ男爵が歯を食いしばったそのとき、公爵が床にひれ伏した。

「アリーセ！　すまなかった。私はなんてことを……でもお前を殺す気なんてなかったんだ。あのとき、すぐに医者を呼び助けたんだ。どうか信じてくれ！」

公爵は混乱のあまり、わけが分からなくなっているのだろう。私の発言を肯定してしまっている。

「あなた！」

エルマの激怒した声が響いたけれど、公爵は震えひたすら謝り続けている。

この人は本当の悪人じゃないのだろうと感じた。流されて悪い方に進んだだけ。

だからといってアリーセへの行いを許すわけにはいかないけど。

「公爵も認めていますし、この件はランセル王太子殿下に正式に報告します。ほかにもベルヴァルト公爵家とリッツ男爵家にはうしろめたいことがありそうだし、しっかり調べてもらうつもりです」

言い終えるとリッツ男爵が一歩私に近づいた。

「バルテルの小娘が……」

彼の体からは怒りが立ち上っているようだった。

「エンデ宰相も、私をベルヴァルト公爵令嬢ではなくバルテル家の令嬢と言っていました」

インベルに関わる人は私をバルテルの人間として扱いたがる。それはなぜ？

「ベルヴァルト公爵の娘だとしても、バルテルの血が入っている事実は消えない。我々インベル人の怒りと同じように」

「なぜそこまでバルテルを憎んでいるの？」

「我々は二百年前の恨みを忘れない。お前たちバルテルの民はインベルを裏切り、カレンベルクと通じ貴重な魔力を扱う秘術までも持ち出した」

「魔力？」

思いがけない言葉に私は目を見開いた。

咄嗟にロウを見遣ると、彼も知らない話のようで唖然としている。

魔力って、今は使い手がいなくなりすたれたという魔法のことよね？

「インベルは古来より魔力を扱う民だった。強い力を持っていたが他国とは関わらず自給自足で暮らしていた。当時のバルテルの領主はそれが不満だった、進歩と豊かな暮らしを求めたのだ」

バルテルの領主というのはロウとアリーセの先祖のこと？

「そんなとき、カレンベルク王国が魔力欲しさに卑怯な手を使い、バルテルを取り込んだ。しかし魔力がなんたるかを知った後は、バルテルを用済みとばかりに切り捨てようとした。結果、激しくもめてカレンベルクもバルテルも多くの犠牲を出したが、その事実を消し去った。カレンベルクにとってもバルテルにとっても醜聞だからな。今となってはバルテルがインベル国の一部だったということを知るものは少ない」

「そんな事情が……」

バルテルがいつまでもよそ者扱いを受け、二百年前の記録がない理由がようやく分かった。

「カレンベルクはもちろん憎いが、一番許せないのはバルテルだ。祖国を裏切ったのだからな」

「でも……それは大昔の人がやったことでしょう？　たしかにひどいけど今のバルテ

ルの人たちには関係ないわ」

なぜ恨みをそこまで引きずっているのだろう。彼は年齢的にも当事者ではないのに。

「関係ないだと？　過去を捨てたお前たちに、私たちの怒りが分かるわけがない！」

そのただならぬ様子に本能的な恐怖を感じたそのとき、ロウが玉座の前に出てリッツ男爵に告げた。

「控えろリッツ男爵。それ以上王妃殿下に近づくのは許さない」

ロウの言葉には力がある。怒りにかられたリッツ男爵もそれ以上は動けないようだった。

「今後については、後ほど沙汰を下す。申し開きをしたいのなら逆らわないことだ。衛兵、入室せよ！」

ロウの呼びかけに応え、待機していた数人の兵士が入ってくる。

「なにをするの！　私を誰だと思っているの？」

騒ぐエルマとすっかり腑抜けた公爵。それから憎悪にあふれたリッツ男爵は謁見の間から連れ出された。

「ふう、緊張した」

扉が閉まった途端、息を吐いた私をロウが問いつめる。

「おい、さっきのはなんだ？　殺されかけたって」

ロウはかなりお怒りだ。

「社交界デビューの夜会の少し前に、話した通りのことがあったの」

「そんな話聞いてない！」

「ショックで記憶がなくなっていたみたいで、私も最近思い出したの。宰相の事件で怖い目に遭ったのがきっかけだと思う」

「記憶が？　……ほかに後遺症はないよな？」

ロウは本当に心配そうに、私を頭から足もとまで眺める。

「大丈夫。今は元気だよ。でも思い出したらあの三人をどうしても見逃せなくなって。まさか公爵が自白するとは思わなかったけど、直接抗議したかったから」

アリーセの無念を少しでも晴らせていたらいいのだけど。

「公爵か……リセにとって彼らは家族じゃないんだな」

「そうだね。ユリアーネもだけどもともと希薄な関係だったから」

ロウは悲しそうな目で私を見る。

「バルテルの話も……驚いたね。ロウも知らなかったんでしょう？」

「ああ。リッツ男爵の話が本当だとしたら、わざと記録を残さなかったんだな……。

自分たちの先祖がそんなことをしていたなんて、複雑だ。この件は父上に報告しなくてはならない。その上で今後どうするか話し合わないと」

ロウはかなりの衝撃を受けているようだ。

私は暗くなった雰囲気を変えようと明るい声を出した。

「国の間の確執はインベルだけが悪いんじゃないんだろうね。私も自分がなにかできないか考える。これからは自分の意思でなにをするか決められるのだから」

「……本当にそれでいいのか？」

「もちろん。未来の国王陛下のお許しも出たからね。今さらだめって言われても受けつけないわ」

これから私は、新しい暮らしに向けて進んでいく。

アリーセの物語が終わったその先に。

## エピローグ

ランセルの戴冠式から二日後。私は彼によって断罪された。

宰相の横領に加担したのが発覚したとして、王宮を追放され粗末な馬車で北の修道院へ送られた。しかし途中盗賊に襲われ、修道院に到着することはできなかった――。

結局は小説と同じ最期を遂げた……かに思われたアリーセ、つまり私は今、バルテルの城塞近くの屋敷の厨房で白米を炊き、お味噌汁を作っている。

バルテルには和食の材料が揃っているからうれしい。

ここでは料理をしてもなにも言われない。好きにさせてもらえる。

やっと手にいれた自由はなににも代えがたく、素晴らしい。

しみじみと幸せに浸っていると、あきれたような声が聞こえてきた。

「またここにいたのか。しかもなじみすぎてるぞ」

振り返ると、厨房の出入口のところに腕を組んだロウがいた。

「あ、ロウ。今日は仕事ないの?」

「あるに決まってるだろ?　けど父上にリセの様子を毎日見にいくようにって命令さ

れているからな」

「そっか。伯父様には本当に気にかけてもらって、感謝しかないわ」

ランセルにひと芝居打ってもらって王妃の地位を捨てた私は、以前からの希望通り、バルテルに移住した。リアリティを出すためにと、本当に粗末な馬車に揺られたのはつらかったけど、盗賊を装ったロウたちが迎えにきてくれてからは快適な旅だった。

魔の森も安心して抜けられたし。

アリーセ・ベルヴァルトでいられなくなった私は、今はリセ・ガーランドと名乗っている。

辺境伯である伯父様とロウと相談した結果、ガーランドさんの養女になると決まったのだ。彼にはかわいい奥さんと小さな娘さんがいて、私を快く受け入れてくれた。

周りの皆は本当に親切で、快適な生活を送っている。

ガーランドさんは情報収集兼連絡係として王都にいることが多いけど、ときどき戻ってきて一緒に料理をしてくれるし、本当に幸せ。

「なんか楽しそうだな」

ロウが近づいてきて言う。

「うん。毎日楽しい。ねえ、時間があるならご飯食べていかない？」

「ああ。リセの料理は結構うまいからな」

「じゃあ、お皿並べて」

ロウはせっせと棚からお皿を取り出す。そんな姿は次期辺境伯様には見えない。

でもロウもそろそろ結婚とかしなくていいのかな。

あれ、そういえば……。

「ねえ、ロウには婚約者とかいないの？」

素朴な疑問だったけど、ロウはやけに慌てて私を見た。

「な、なんだよ、いきなり」

「ふと思って。だって辺境伯家の後継者なんだから、いつまでも独身ってわけにはいかないでしょ？」

「まあそうだけど。すぐには無理だからな。落ち着いたら」

へえ、一応考えているんだ。

「相手は決まってるの？　それなら私にも紹介してくれない？　これからもロウとは仲よくしていきたいし、できれば奥さんとも友達になれたらいいな」

素直な気持ちを言ったのに、ロウは複雑な顔で黙り込んでしまった。

「もしかして迷惑？」

「いや、俺の結婚は極めて困難だと実感しただけ」

「そうなの？」

まあたしかに問題は山積みだものね。

インベルについては現在進行形で油断できないし、マリアさんからの知らせでは、カレンベルク王都もまだ落ち着いていないようだし。

ベルヴァルト公爵はランセルの命令で降格し、数年の間王都への立ち入りが禁止となった。公爵は心労のあまり寝込み、エルマとユリアーネは行方が分からなくなったという。リッツ男爵家は取りつぶし。だけど当主のリッツ男爵もこつぜんと姿を消してしまっているそうだ。恐らく三人はともにいる。

伯父様とロウは、私が復讐のターゲットになるかもしれないと、情報収集と守りを固めるよう動いてくれているようだ。

だからロウが結婚する暇はないのかな。

「ごめんね、私のせいでもあるよね」

「ある意味そうだけど、たぶん方向違いのこと考えてるんだろうな」

ロウがぽつりとなにかをつぶやく。

「え？」

「なんでもない。腹減ったから早く用意しよう」

「あ、うん。今日はね、お味噌汁と豚の生姜焼きを作ったんだけど……」

こんなふうに普通の生活がなにより幸せだと感じる。

不安なこともあるけど、これからもこの世界で前向きに生きていきたい。

そして、もしアリーセの魂がどこかで生まれ変わっているのなら……どうか幸せになってほしい。

＊＊＊

都内の一等地のオフィスビル。

たどたどしい手つきでキーボードを叩いている女性に、明るい声がかかった。

「理世、だいぶ早くなったじゃない」

「あ……はい。褒めてくれてありがとうございます」

はにかみながら頭を下げる女性は、少女のような雰囲気だ。

声をかけた女性は苦笑いを浮かべる。

「その話し方は変わらないのね」

「あ、ごめんなさい」

「すぐ謝る。怒ってないって言ってるでしょ？　それよりもう十二時よ。ランチに行こう」

　理世は時計を見ると、それから慌てデスクの中の財布を取り出す。

「お待たせしました」

「なに食べる？」

「あの、私はなんでもいいです」

「相変わらず遠慮がちね、前とは大違い」

　くすりと笑った女性は、それならパスタにしようとすぐに決める。

「もう体は大丈夫？」

「はい。皆さまによくしてもらっていますから」

「歩道橋の階段から落ちて意識不明って聞いたときは驚いたわ。しかも目覚めたらあれでしょ？」

　理世は一年前に大けがをしたが、目覚めたとき記憶はなく、妙なことばかり口走っていたのだ。

　アリーセだとかベル……なんとかと、皆が聞き覚えのない単語ばかり。

　これは大変だとなり、退院後はひとり暮らしの家から叔母の家に住まいを移した。

　面倒見のいい叔母家族に支えられリハビリをし、三か月前仕事に復帰した。

営業部からは異動となり、今は総務部に所属している。

パソコンの操作すら忘れてしまっていて大問題だったけれど、以前よりも根気強くなったのか泣き言を言わず地道に練習をしている。

会社の皆も驚いたけれど、災難に遭った同僚にできるだけ協力しようとしているところだ。

「本当にひどい目に遭ったよね。つらいだろうけど私もフォローするから。困ったことがあればなんでも言ってね」

理世はぽかんとした顔をしてから、控えめに微笑んだ。

「いいえ。私は幸せです。自由で皆さんが優しくて、家族がいて……。ずっとこんなふうに暮らしたいって思っていましたから。神様が願いを叶えてくれたのですね」

END

# あとがき

こんにちは。吉澤紗矢と申します。

今作は異世界ファンタジーです。いろいろと好きな設定を詰め込みました。

〝辺境伯〟〝銀髪〟〝魔の森〟などまったく身近ではないものばかりなのですが、なぜか好きで、お話を書いているとやたらと登場させたくなります。

とくに辺境伯が好きで、今まで書いたファンタジーでは八割くらい出してます。

辺境とついているので田舎暮らしの伯爵といったイメージを持たれる方もいると思いますが、国境を守る強い力を持つ大貴族です。

本作のヒーローのローヴァインも、辺境伯家の跡継ぎで銀髪のイケメンです。

素晴らしい剣の腕を持ち、その力でヒロインを助ける場面もあります。

ヒロインも銀髪なので、麗しい銀髪カップル。これも大好きです。

カバーイラストを、笹原亜美先生に担当していただいたのですが、初めて見たときはあまりの美麗さに衝撃を受けました。

イメージぴったりで、構図も作中のシーンのここってところがあり、本当に感激しました。本当に素敵なカバーをありがとうございます。

肝心のストーリーですが、改稿時にヒーローサイドを追加し出番が増えました。ヒーローサイドを書くのは好きなので楽しい作業でした。

少ししか登場していないのですが、辺境伯アロイスはお気に入りキャラです。ほかにも設定で分かりづらい点など修正し、サイトで公開しているものより読みやすくなっていると思います。

改稿の際、的確な指摘をくださった、編集の丸井様、八角様。刊行に尽力してくださった関係者の皆さま、本当にありがとうございました。

最後に、この本を手に取ってくださった読者様に心からの感謝を。

またお目にかかれるようにがんばります。

吉澤紗矢（よしざわさや）

吉澤紗矢先生への
ファンレターのあて先

〒104-0031
東京都中央区京橋1-3-1
八重洲口大栄ビル7F
スターツ出版株式会社　書籍編集部　気付

吉澤紗矢先生

本書へのご意見をお聞かせください

お買い上げいただき、ありがとうございます。
今後の編集の参考にさせていただきますので、
アンケートにお答えいただければ幸いです。

下記URLまたはQRコードから
アンケートページへお入りください。
https://www.berrys-cafe.jp/static/etc/bb

虐げられた悪役王妃は、シナリオ通りを望まない

2020年8月10日　初版第1刷発行

著　　者　吉澤紗矢
　　　　　©Saya Yoshizawa 2020

発 行 人　菊地修一

デザイン　カバー　AFTERGLOW
　　　　　フォーマット　hive & co.,ltd.

校　　正　株式会社鷗来堂

編集協力　八角さやか

発 行 所　スターツ出版株式会社
　　　　　〒104-0031
　　　　　東京都中央区京橋1-3-1　八重洲口大栄ビル7F
　　　　　TEL　出版マーケティンググループ　03-6202-0386
　　　　　(ご注文等に関するお問い合わせ)
　　　　　URL　https://starts-pub.jp/

印 刷 所　大日本印刷株式会社

Printed in Japan

乱丁・落丁などの不良品はお取替えいたします。
上記出版マーケティンググループまでお問い合わせください。
定価はカバーに記載されています。

ISBN 978-4-8137-0953-4　C0193

# ベリーズ文庫 2020年8月発売

『愛艶婚～お見合い夫婦は営まない～』 夏雪なつめ・著

小さな旅館の一人娘・春生は恋愛ご無沙汰女子。ある日大手リゾートホテルから政略結婚の話が舞い込み、副社長の清貴と交際0日で形だけの夫婦としての生活がスタート。クールな彼の過保護な愛と優しさに、春生は心も身体も預けたいと思うようになるが、実は春生は事故によってある記憶を失っていて…!?

ISBN 978-4-8137-0946-6／定価：本体640円＋税

『激愛～一途な御曹司は高嶺の花を娶りたい～』 佐倉伊織・著

フローリストの紬はどうしてもと頼まれ、商社の御曹司・宝生太一とお見合いをすることに。すると、初対面の宝生からいきなり『どうか、私と結婚を前提に付き合ってください』とプロポーズをされてしまい…!?　突然のことに戸惑うも、強引に新婚生活がスタート。過保護なまでの溺愛に紬はタジタジで…。

ISBN 978-4-8137-0947-3／定価：本体660円＋税

『堕とされて、愛を孕む～極上御曹司の求愛の証を身ごもりました～』 宝月なごみ・著

恋愛に縁のない瑠璃は、ウィーンをひとり旅中にひょんなことから大手ゼネコンの副社長で御曹司の志門と出会う。彼から仮面舞踏会に招待され、夢のような一夜を過ごす。志門から連絡先を渡されるが、あまりの身分差に瑠璃は身を引くことを決意し、帰国後連絡を絶った。そんなある日、妊娠の兆候が表れ…!?

ISBN 978-4-8137-0949-7／定価：本体650円＋税

『エリート外科医の滴る愛妻欲～旦那様は今夜も愛を注ぎたい～』 伊月ジュイ・著

OLの彩葉はある日の会社帰り、エリート心臓外科医の透佳にプロポーズされる。16年ぶりに会った許婚の透佳は、以前とは違う熱を孕んだ眼差しで彩葉をとろとろに甘やかす。強引に始まった新婚生活では過保護なほどに愛されまくり！「心も身体も、俺のものにする」と宣言し、独占の証を刻まれて……!?

ISBN 978-4-8137-0950-3／定価：本体660円＋税

# ベリーズ文庫 2020年8月発売

## 『クールな騎士はウブな愛妻に甘い初夜を所望する』 立花実咲・著

王女レティシアは、現王の愚かな策略で王宮内の塔に閉じ込められ暮らしている。政略結婚を目前に控えたある日、レティシアは長年想いを寄せている護衛騎士・ランベールに思わず恋心を打ち明けてしまい…。禁断愛のはずが、知略派でクールな騎士がウブな王女に、蕩けるほど甘く激しい愛を注ぎ込む…！

ISBN 978-4-8137-0951-0／定価：本体640円＋税

## 『平凡な私の獣騎士団もふもふライフ』 百門一新・著

不運体質なリズはある日、書類の投函ミスで王国最恐の「獣騎士団」に事務員採用される。騎士団が相棒とするのは〝白獣〟と呼ばれる狂暴な戦闘獣で、近寄るのもキケン。…のはずが、なぜか白獣たちに気に入られ、しかも赤ちゃん獣の〝お世話係〟に任命されてしまい…⁉　モフモフ異世界ファンタジー！

ISBN 978-4-8137-0952-7／定価：本体650円＋税

## 『虐げられた悪役王妃は、シナリオ通りを望まない』 吉澤紗矢・著

OL・理世は歩道橋から落っこちて自身が読んでいた本の中に転生してしまう。アリーセ王妃として暮らすことになるが、このままだと慕っていた人たちに裏切られ、知らない土地で命を落とす＝破滅エンドまっしぐら…。シナリオを覆し、ハッピーエンドを手に入れるためアリーセはとある作戦を企てて…⁉

ISBN 978-4-8137-0953-4／定価：本体650円＋税

# ベリーズ文庫 2020年9月発売予定

Now Printing

『前略、結婚してください～愛妻ドクターとの恋記録～』 葉月(はづき)りゅう・著

恋に臆病な病院司書の伊吹は、同じ病院の心臓外科医・久夜に密かに思いを寄せている。ある日ひょんなことをきっかけに彼に求婚され、交際0日で結婚することに！　彼の思惑が分からず戸惑う伊吹だが、旦那様の過保護な溺愛に次第に溺れていく。「もっと触れたい」と夜毎愛される新婚生活は官能的で…!?

ISBN 978-4-8137-0962-6／予価600円＋税

Now Printing

『密約マリッジ』 水守恵蓮(みずもりえれん)・著

箱入り娘の泉水は、婚約破棄されて傷心の中訪れたローマでスマートな外交官・柊甫と出会う。紳士的な彼の正体は、どこまでも俺様で不遜な態度の魔性の男だった！　「男を忘れる方法を教えてやる」と熱い夜に誘われ、ウブな泉水はその色気と魅力に抗えず、濃密で溺れるような極上の一夜を過ごし…!?

ISBN 978-4-8137-0963-3／予価600円＋税

Now Printing

『片恋成就～イケメン医師の甘い猛追～』 高田(たかだ)ちさき・著

恋愛経験ゼロの看護師・瑠璃は、十数年来、敏腕医師の和也に片思いしている。和也が院長を務めるクリニックに半ば強引に採用してもらうが、相変わらずつれない態度を取られる。しかし、和也の後輩であるイケメン医師が瑠璃に言い寄るところを見て以来、和也が豹変！　独占欲全開で強引に迫ってきて…!?

ISBN 978-4-8137-0964-0／予価600円＋税

Now Printing

『極甘弁護士は逃げ腰OLを捕まえたい』 美森萠(みもりめぐむ)・著

ウブなOLの夏美は、勝手にセッティングされたお見合いの場で、弁護士の拓海と再会する。しかも拓海からいきなり契約結婚を申し込まれて…。愛のない結婚のはずなのに、新婚生活では本当の妻のように溺愛されてドキドキ。ある夜、拓海の独占欲を煽ってしまった夏美は、熱い視線で組み敷かれて…!?

ISBN 978-4-8137-0965-7／予価600円＋税

Now Printing

『マイフェアレディの条件～極上男子のじゃじゃ馬娘～』 若菜(わかな)モモ・著

北海道の牧場で育った紅里は、恋愛経験ゼロ。見かねた祖父が、モナコ在住の宝飾店CEO・瑛斗に、紅里に女性らしい所作を身につけさせるよう依頼していて…。「君を俺のものにしたい」――レディになるレッスンを受けるだけのはずだったのに、濃密な時間を過ごす中で女性として愛される悦びも教えられ…!?

ISBN 978-4-8137-0966-4／予価600円＋税

タイトル、価格等は変更になることがございますのでご了承ください。